大地寻履

胡理勇 著

胡理勇，浙江永嘉人，现客居杭州。原杭州大学中文系毕业，浙江省作协会员，《浙江诗人》编委。作品发表在国内诸多刊物。

垂钓者之歌

——胡理勇《大地寻屐》序

许志强

胡理勇是我大学同班同学，我们大课小课都在一起上，寝室就住隔壁，可谓朝夕相处。

他是温州永嘉人。他生来就有浙南人的勤恳、干劲（我好像从未见过颓废的温州人）。楠溪江水之澄碧，永嘉学派之余绪，后生小子必有浸染，洋洋乎正可自许。他梳着中分头，奶黄高领毛衣突出一张国字脸。他独来独往，目光分明是严肃的、有志气的。

记得有一次著名诗人柯平和几位青年作家来我们学校，和大学生举办联谊晚会，被安排在东门边的食堂里。我看见灯光下胡理勇拉住柯平（两个人都穿米色风衣），嚷嚷着和他争论一个问题。散场后还拉住不放，像神父布道那样举着手指，要争论个明白。究竟是什么观点分歧不记得了。我对这一幕印象颇深：他血气方刚，而且他关心文学。好像在此之前都没有发现，他是爱好和关心文学的。

教我们写作课的余荩老师喜欢他，笑眯眯地颔首赞许道："胡理勇这个人很有个性"。

余荩老师我们都是非常尊敬的，他的评价是重要的。他从来没有这样说过其他同学，这难免让人感到几分嫉妒。

胡理勇为人宽和，不拘小节。记得有个下雨天，同寝室的邵悦穿了他的新皮鞋，当套鞋穿到门外去，胡理勇发现后便大叫一声追了上去。他和邵悦绕着水坑嘻嘻哈哈地打闹。那双新皮鞋浸了水，但并未见皮鞋的主人发怒。要知道，穷学生哪有不爱惜自己鞋子的，哪怕他是温州人，家乡以制作皮鞋出名。因为这个小细节，胡理勇咧嘴嬉笑的样子到现在都还记得，好像皮鞋被人穿到雨水中去还蛮开怀的。

大学生活回想起来，有些情景还历历在目。我们从省内各地来到一个有湖的城市上学，乳臭未干，前程未卜，度过朝夕相处的四年。说那是一段难忘的经历，当时不一定这样觉得，日子多半是无聊居多，但我还是要说，这四年对我们的意义不寻常。我们受到的启蒙教育，我们的情感的来源和归宿，离开那个年代是说不清楚的。我们毕业后经历的生活，每一点成功或失败，在同龄人的背景中才首先会得到比较和衡量。

我正是以这样一种回顾历史的心态阅读胡理勇的近作。

我们这代人，在短短几十年里，经历的变化太多太复杂。在这个移动互联网改变了时空观念的世界，人们共享新科技的福利，但也很难再用一种单纯的目光看待过去的事物。因为事物的表象被拆迁，事物之间的价值关系被割裂和重组，事物的底蕴似乎变浑浊了。前现代的蒙昧和后现代的虚无并存；我们所处的时空是迷乱的。当然，变化是必要的，这个社会需要变革和发展，哪怕是畸变也有其变革现实的意义，这一点毋庸讳言。但从文化和价值的角度讲，迭经变异的价值观难免会陷于紊乱，像是多次曝光后反而有些发白的胶片，影像的轮廓不甚清晰，叠印了鬼魅般的暗影，叫人有点难以辨识自己的面目。

读胡理勇的诗集《大地寻履》（长江文艺出版社，2023年），集子里两百首左右的诗作，我感到其宗旨是要清理这些紊乱的信息，寻找价值的支点和意义的透明度。毫无疑问，这是诗人应该做的。近几年读胡理勇的诗作时我就感到，他的写作有本色抒情的需要，更有叩问时代、调节视线的焦虑，像一只巢穴倾覆的鸟儿，在一个临时落脚点梳理它有些凌乱的羽毛；它自言自语，在下坠的引力场顾盼，似乎要从无定向的气流中辨识方向、振翅欲飞呢。

我觉得，作为诗人的胡理勇是天真的。他用乡土情怀看待城市，看待这个畸变和物化的世界。用诗人自己的话说，他是一个"虚伪的唯物论者"；其乡土情怀包含着祖辈的香火祝祷所遗存的那一点信仰，这在他的诗中是可以感受到的。

诗人放眼乡野的烂漫山花，捕捉十字街口转瞬即逝的意念，带着一颗善感的心踏上旅途，看港湾和渔火，星星和飞云，浪涛和少女。至如桃花水发，鱼苗风生，虽远不隔，皆系于诗人内心之幻念。

也许，最可贵的是那一颗诗心所作的表白。例如：

"我的感情百分之九十九用来爱你

剩下的百分之一用来写诗

写的诗还是要给你"

他把诗人称为垂钓者——

"一个合格的钓者，必须伤痕累累

你的对手是谁啊？

是大海，是诡异的鱼群

是恶劣的天气

有时，天空很低，很低

直抵你的鼻梁"

这就有点现代的存在论的感觉了。好像这种幽闭感含有一丝凶险，让人猝然遭遇辽阔的空间：

> "四周都是海水，像密闭的一座城
> 我突然惶恐起来，如果沉没
> 这小岛，将剩下几把骨头
> 广袤的蔚蓝，固然美丽，除了盐
> 带来的只有动荡不安。
> '哗''哗'，似大海的心跳，我的心跳"
> 这是注入现代心理气氛的垂钓者之歌。

把诗人形象和垂钓者等同，并不是胡理勇的发明，但这几个段落将隐喻的意义写了出来，出自深有体验之人的手笔，写得很美，让人称赏。

他的诗有二十世纪八十年代的烙印：理想和现实，情感和理智，乡土和城市，在诗中以我们熟悉的方式展开，多的是一份淳朴的少年情怀，仿佛身体最炽热的部分并未随着时间的流逝而冷却。

读胡理勇的诗会想起那个消失的年代，想起北岛、舒婷、梁小斌、傅天琳这些诗人的名字。很多年过去了，胡理勇继续带着梦想生活，在一首一首地写诗。我以老同学、读者和学究的多重心态看他的写作；当然是欣喜，有回顾和感喟，但不仅仅是怀旧。读他的诗，我会思考一个问题：我们该如何看待我们情感的性质和根基？

我觉得这个问题不简单，关乎来源和去向，好像活着就不得不有所思考。如果说某种东西让人感到似乎正在丧失，而它却是此刻生存之所系，有内在真实的要求，那还能说是一个小问题吗？

今天读《大地寻履》，我感到心里有一点释然。无论如何，诗歌会给我们支持和慰藉。

这个时代似乎难以再用乡土情怀来维系或加以更新了，至少我是这么认为的，但诗歌要求我们探求始源性的关联，回归语言和本我。也就是说，要有勇气生活在一个已然陌异的世界，表达所思所想，像我们的诗人胡理勇所做的那样——在大地之上，独自起舞，翩翩欲飞。

2022 年

目录

第三辑 爱，竭我所能

第一辑

躲在岁月背后

时间，是我的主宰，我甘心为奴
它给我昼夜，给我四季
给我春播，给我夏种
给我秋收，给我冬藏
给了我一生的风花雪月
给了我一辈子的等待和期望

时间，是我当然的敌人
我欲灭之而后快
可是灭了它，等于灭了自己
我掉入了它精心设计的陷阱
它，让我青丝变白发
让我的青春，只剩下一副臭皮囊

我听从了它
我拥有了勇敢、智慧、财富
最后，它全部带走，占为己有

2021-10-14

时间邮局

所有，都是寄给未来的邮件

在余东村，偶遇时间邮局
我趑摸着，能给远方寄些什么
寄些冬天里的春天
或者，直接寄些宝贵的青春
让她永驻二八容颜

在时间邮局里，我遇到了过去
一盏风都吹不灭的马灯
一台为游子密密缝的缝纫机
电波永不消逝的发报机
民国年代打向未来的电话机
还有许多许多霉变了的叹息

希望远方，能给我寄一些她的
高山、雪峰、草原、河流
她的微笑、香吻，或一段心曲
寄一些美丽的悲伤、哀愁也可以
寄出了，就没事了

2021-11-23

现在，是什么？现在，就是此刻
你看到的一只鸟在树上唱歌、跳舞的情形

现在，是过去的终结
死了，才叫终结，但这不对
"有的人死了，他还活着"
我们看到的仅是肉体的葬礼，并非精神

现在，是未来的开始
属于发芽的种子，属于一切新生的婴儿
但，我们必须要明白
不是所有的现在，都有未来
汉语中的"殇""夭折"，已说明了一切

有一点非常确定，现在是时间的枢纽
就像一河湾，冲刷物，只能稍作停留
就像一货运部，所有的快件将被迅速转走

所有的人，都拥有现在
所有的人，都会走到现在

2021-10-25

喧哗和骚动

春天，身体里，有十万只猛兽
在寻找代言
他们夜夜看涨的激情，就像
江水的源头，如泣如诉。就像
大海头痛欲裂，提着庞大的
身躯，撞向整个大陆

都是神的财产啊
他们有足够理由，生产怨恨

枯枝都在发芽，那嫩绿的叶片
就像嚅动的双唇
百花，争先恐后，打开花房
任精灵，飞进飞出
春山，在迈开步伐，暗动
春潮，没雨，明着涨

到这时候，故作镇定，按捺着
就相当于犯罪

如果人像草一样，土里生，土里长
那么，十万只猛兽，就能创造
十万个动物园

2021-3-23

争
春

樱花、玉兰花，并排站着
它们吵着、闹着，相互炫耀，互相比拼
我在现场，我很高兴
鹬蚌相争，我获益良多

我和二花，都交好
我邀请太阳，为双方助阵
明天开的花，今天就开了
半夜开的花，下午就开了
把含苞待放这个环节，都省了

真的，我不是挑拨者、离间者
这是很肮脏的活
只要它们把花开得灿烂
努力地开，积极地开，勇敢地开
它们都是春的使者

吵着，闹着，终于繁花似锦
始作俑者，是东风
高兴的，还有蜜蜂。蜂拥而至
忙坏了，以为交上了大运

2021-2-25

道路两旁的水杉

道路两旁的水杉，坚持笔直站立
看着那肃穆的神情和无数枯枝
心里就会生出莫名疼痛
它们，在为谁受过

为脚下沉默的土地
皲裂的伤口，刚刚受过严刑峻法
为搭在它身躯上的宫殿
鸟去巢空，仍不失盛唐气象

像"猛志固常在"的刑天
以乳代目，狂舞不认输的干戚
像向判处他死刑的人高喊
"我去死，你们去生"的苏格拉底

在这寒冷的天空下，它们
显得多么渺小
从它们身旁经过，我又多么渺小

2021-1-6

早春二月

整整一冬，终有鸟声冲进梦里
始为几只，后组成了合唱
且越来越早，早到我刚刚睡下
难道它们也知：一年之计在于春

蚂蚁也醒来了，曾经踪迹全无
东风和阳光，都住进了它们的家
死气沉沉的山岭复活了
排着整齐的队伍，脚步声铿锵有力

骄傲了一冬的茶花，开始萎靡
天生的丽质，开始发旧、破损
惧怕零落成泥吗？但她说：是时候了
万紫千红才是春呵

"别着凉啊，姑娘"
阳光真好，迎面走来一群少女
早就想解放被囚禁了一冬的身体了
区区羽绒服，岂能束缚膨胀了的青春

2019-2-25

春天的另一副面孔

去湘湖边的花海，观花的绽放
我准备了若干赞美词
我认识了春天的另一副面孔——
花海，无花可读

长满了野菜和蒿草
遍地是冬天丢弃的枯枝和残叶
蜜蜂忙碌的身影，迁移了
赞叹，只有旧年的

一只燕子成不了春天。挣扎着
试图剪开布满阴云的天空
数只喜鹊，在树间上蹿下跳
不改报喜不报忧的恶习

开不开花，春天的事
播不播种，人的事
"布谷""布谷"，布谷鸟使劲叫唤
播种的人，还在梦乡

2021-2-28

立春的问候

立春的问候，暖洋洋的
不是下雪的声音，是花开的声音
生命辉煌的帷幕，就要拉开
从今以后，每个早晨都有别于以往
你听，鸟鸣不再灰暗
明显加入了甜蜜
许多蜷着缩着的蛰伏者，伸展懒腰
小心地探出头，睁着惺忪的睡眼
向天地间，吐出了一口久抑的闷气
但我极力掩饰一个秘密——
不希望春天，骑上快马，奔来
我敢说，就不怕被罗织罪名
冬天绞尽脑汁修建的铁栅栏，不能
就这样，不明不白地被删了
不能枉费我一番努力适应的心思
还欠人间一场雪
我期待一场开天辟地的大雪，席卷
原谅我，不怕事大的变态心理

2021-2-3

白玉兰

春光如酿，我和谁对饮
白玉兰在对岸，眄了我一眼
她正高举千杯万盏。可是
她的脚边都是玻璃碎片
昨晚醉过？

东方风来，温柔，善解人意
她摇晃着，醉不可扶
我意欲让出双肩，让她靠靠
狂闻她通体的幽香
全身的骨头，都酥软了

这算不算一个巨大的艳遇
我献身的心都有了
我在河的此岸
冬天的伤口上，长出翅膀
赶快横渡过去

2021-3-4

大红灯笼，一路挂过去
在太阳底下，红色的反光，尤为耀眼
整座城市，被装扮成乔家大院
那些愁苦的脸上，硬是挤出了一些喜色

把幸福，而不是悲伤，展示给人看
我赞成这种做法
悲哀和不幸，总是丑陋的，是短处
而这些，是最为忌讳的弱点，易被攻击

一年到头，总要幸福一把
最重要的，是炫耀。西装领带，油光可鉴
在村里，在街上，走一圈
别人幸福着你的幸福，自己也就真幸福了

几千年来的积习，还是不改为好
幸福是一个气泡，何必戳破
孔雀尽情开屏，何必看它暴露无遗的屁股
欣赏它的美丽就是了

2020-1-20

春天的困惑

阳光，或远或近撒着娇
雨丝，时有时无写着诗
蛰虫反抗着黑暗
雏鸟叫唤着黎明
春回了，带着多副面孔

东风解开了心结
骑着青骢马，飘然而至
都是天地野合的孩子
一朝分娩，一往无前
雷，早埋在地下
一切都在阵阵雷声中苏醒

要在古代，这时候
天子要率百官，亲自扶犁
他们知道春天的重要意义
要在宗庙，进行春祭
该干什么，不该干什么
祖宗的理想不可违

我通过蜜蜂忙碌的身影
探知春天繁忙的花事
我通过溪流清脆的流淌
探知春天内部的秘情
我通过春眠不觉晓

探知春天带来的困惑

2019-3-17

怀念春雨

突然怀念起绵绵春雨
想起愁容难掩的样子
想起它的柔情缱绻
直接就忘了阳光的好
直接就把阳光当成了死敌

春雨是泪雨
回家过年，喜极而泣
为重新团聚，为平安归来
离别是必然的，要再次出发了
大人和孩子的哭声，将道路淋湿

春雨是花雨
路上都是看花、赏花的人
百花次第开放，尽展妖艳
一阵风过去
落红无数，一地伤感

如果阳光普照每个角落
暗夜的哭声是否会少一些
如果阳光更充分、更强劲
花期是否会更长、更丰满

2019-3-20

寒冷中的信念

道路旁，一排水杉树凄惨地站着
一副接近死亡的样子
它们依然挺拔，没有失魂落魄
它们是不带绝望的树。我看到的是
春天盛装的仪仗队，阔步向前

湖畔，岸柳骀荡，戏弄着寒风
满树不着一叶，似失却青春的老年
湖水，清冽似镜
每天打量自己的容颜，像等待什么
我看到的是，它在春天里垂钓

每天出门，我都要抬头仰望
一个鸟巢，悬在半空的树杈上
没有遮蔽，随时有被风吹落的危险
鸟，飞进飞出，衔来了春光
忙着建设家的温馨

在寒冷中，坚守信念。
冬天不死，春天，就是我们的天下

2020-2-5

竹园

竹园怀孕了。跟松鼠无关
跟鸟鸣无关，跟我路过无关
将诞生无数春天的孩子
被风雨哺育，被阳光抚养

施肥，松土。无数竹鞭
宛若地底游龙
"簌簌""簌簌"。叶落纷纷
在为自己铺设产床

一夜之间，探出那么多的头
是否经历过轰轰烈烈的疼痛
争先恐后，成长之速
似乎要违背天意

所有生命，都有灵魂
小时候，竹园里找笋
发现了，就做下标志，保护它
都是大地之子

2021-3-22

春到榉溪

我关心的是，榉溪的春天到了否
这里活着一群夫子后人
坐落着中国最大的庙——孔氏家庙
山重水复，春天也应首先到达

确实没辜负人心。至少
别人有的，这里也都没落下
花开在墙角，芭蕉绿在院里
几尾鲤鱼，"春服既成"，浴乎小溪
准备"风乎舞雩，咏而归"

精致的石子路，似乎文化底蕴深厚
春风、春雨来此，是否小心翼翼呢
我假装饱读诗书
一不小心，就漏下了一个丑来

田园能荒芜，心灵不能荒芜
我与众村民深入交谈，企图
从他们身上找出几千年前的遗留

基因是强大的。是的
每个中国人，都有共同的文化血脉
春天来过，我们就放心了
幼苗，茁壮生长。老树，抽出新芽

2020-4-30

离开春天

我是冬天的囚徒
从冬天的桎梏下脱逃而来
我有满身坚冰划过的创伤
和被冰凌堵塞的河流
被剥夺了一切生长的权力
山峦起伏，像瘦马
草木，光秃秃地在寒风中示众

春分，是我的解放日
因为对冬天暴君的反抗
春天奖励了十足的阳光
道路上种满了迎春花
所有的废墟长出希望
湖畔河边也恢复了青春的模样

我只是春天的过客
春天用杨柳的手臂挽留我
用高山的乳汁，性感的嫩芽
用蔽天的浓荫
甚至用我种植的庄稼
我几乎无法拒绝英雄般的待遇

我前往夏天
我前往秋天
我需要更火热的生活

大地上飘着我忙碌的身影
那是自由，充满活力的身影

2018-5-6

过敏

春天很美好，但，是我的受难季
跟花、草、树木构怨
花一笑，就流泪。树一晃，就感冒
更别说嫩草，故意散发青春气息
引发伤心

我竭力躲避，把自己关在室内
像对待囚徒一样，对待自己
如果一定要外出，希望把所有毛孔关闭
如果一定要暴露于天下，希望有一阵雨
将它们掩盖

我现处最佳年龄，拥有健壮的体魄
有内忧吗？五脏六腑，都正常
有外患吗？往日留下的伤口，已无碍
每天锻炼，抵御可能的外侮
熟读诗书，把思想也武装了起来

我患上了春天恐惧症。能让春天
不要莅临吗？能让草木停止生长吗
能让夏天提早到来吗
想办法脱敏。赶快就医，该吃药吃药

2020-4-9

晚上低着头走路
转弯抬头，一轮圆月高悬，吓我一跳
庚子年的第一次月圆，干净、剔透的
月相底下，冬在慌忙潜逃

节日的小区，成了野猫的乐园
横行霸道，眼里藏不住蓝色火焰
深夜里，令人发瘆的求偶声，扰我清梦
如有猎枪，必大开杀戒

梅花，不算春的使者
它只跟雪花斗艳。它的虬枝，硬如铁丝
有誓死与冬天为敌的决心
难道在梅花香里，闻不到别样的味道

那就从一日一日见长的日子里找吧
那带血的日出，春天里才有
落日的回眸，意味深长，正是春天的表情
不用再找杏花、迎春花询问了

2020-2-9

清明时节

蓝天白云，春风骀荡
路上都是扫墓归来的人
或是去扫墓的人
没有戚容，似乎都兴高采烈
谁都知道逝者已远，活着的还得继续

有前辈，我们才得以赓续
他们开辟了道路，创造了财富
我们每前进一步，都踩着他们的血迹
但死亡是必然的

清明，不过提供了一个合适的时间
进行一场人鬼对话
活着的都很忙，这时候要为忽略道歉
梦中托付的，要一一照办
要点燃上等的香烛，烧给充足的纸钱

清明时节，很少不下雨的
这是上天故意制造悲戚的氛围
给心灵以某种暗示
面对死亡，谁能这样淡定
但人类的前行，都是从悲痛中获取力量

2019-4-5

怎么能让雨水代替悲伤、哭泣
没有了泪水，应继之以血
或问是什么让你坠入痛苦的深渊
必答是清明——山上开满红杜鹃

这，岂止是一个平凡的节气
春和景明，山青水碧，生机盎然
却和死亡紧绑一起，并被
提到"慎终追远，民德归厚"的高度
没听到露珠滑落的尖叫声吗
山岚，飘忽着，像不散的阴魂

凡生命，总有来处，总有根源
一代代，都是这大地上的庄稼
父母由他们的父母栽种
我们由我们的父母栽种
强大的基因老提醒，别忘追根溯源
这难道不是远祖的阴谋

雨声彻夜，嘈嘈杂杂，像父母
在世时的絮絮叨叨
"沙""沙"，似急切的脚步声
遥远的祖宗要造访我的梦乡

2020-3-28

在五月

在五月，去海上钓了一次鱼
海岛见到了，肃然起敬
在海的中央，提供最坚硬的部位
让我观潮起潮落

在五月，去看了一次花
那万亩杜鹃，竟羞红了脸
用雾、用雨，把三分美隐藏起来
这何尝不是引人多看几眼的好办法

在五月，参加了几场婚礼
眼角几度湿润
不为他们的幸福，为自己老了
年轻多好，要风得风，要雨得雨

眨眼之间，五月过去了
以我之力，留不住五月的一丁点儿
在五月，我还想吵一架
我将愤怒地告诉她们，我爱她们

2019-5-28

风声

风声，将越来越紧
立夏日，享用了最后一顿春光
就像耶稣用了最后一顿晚餐
纵有万千热切的目光
仍挽留不了归去的毅然、决然

风声，将越来越紧
它在无盖的太平洋中心生产
其实，从没放弃规划和酝酿
将携雷霆万钧之势，万斛之水
一次一次地，扑向大陆
以为攻下一个山头
像摘掉一个帽子一样容易
乡村和城市，愁眉不展
大厦因金刚护体，而得以幸存

风，代表一种力量。但愿
风声，是万孔齐奏的天籁
而不是一种危险的摩斯密码
大风莅临，重要的是保持定力
像服下了定风丹

2020-5-29

阅读者

台风，一个粗暴的阅读者

阅读群山

阅读大江大河

阅读城市，阅读乡村

一目十里之速

摧枯拉朽之势

激情澎湃地读，热血偾张地读

读着，读着，为之扼腕

读着，读着，呜呜而哭

像一个虚弱者，需要进补

像一个饥馁者，需要热量

目光所及，手之所到

精华被攫取殆尽

饕餮过后的杯盘狼藉，触目惊心

留下遍地哀鸿

留下形影相吊

2019-8-11

霜降

好几个朋友来信说，今天
是二十四节气中的霜降了——
经常会收到许多善意的提醒
我是睁着眼睛的瞎子
看不见那仰天躺着的硕大窨井

霜降的光临，意味着
离冰冻三尺的严冬，不远了
但霜降，不意味着就霜雪遍地
特别在江南，仍生机盎然
有人认为，这是老祖宗错误设计
是误导，是在制造麻烦

我是一个谨慎的人，循规蹈矩
譬如对神，我宁信其有
谁说我，缺乏崇拜的宗教呢
我会在心中，制造一个宗教出来
为了生的宁静，死的祥和
为了避免心上飘起霜雪

2021-10-23

秋分

秋分这天，一个老农，在田头
点燃了一根烟，猛吸一口
他嗅到了一股分泌自秋天的味道

秋分这一天，黑和白均分了 24 小时
像均分了一个西瓜
往后，你争我夺，将继续

一个人越来越老成，也将越来越丑
别相信，驻颜有术
除非，女娲愿意给你重捏一次

秋分过后，枯木将越来越多
像一个王朝的腐朽，像一棵树停止生长
再也不会增加新叶和年轮

2020-9-23

蝴蝶

我和鲜花，正在互相欣赏
一只好奇的蝴蝶飞过来
落在我们中间
彩翼，轻轻翕动，全不在意
在我心中掀起的风暴

"我来了"。秋天今天报到
接下来，会慢慢地确立
它的霸主地位
没人提醒，我和花都不会知道
我们已走到了岁月的边缘

我们沉浸在幸福的梦幻中
享受着这场路边伟大的邂逅
竭力保持这种视角之间的平衡
这只蝴蝶，美丽地闯了进来
掀开了岁月的一角

2021-8-7

叶，不会再回到树上

叶，落下了，不会再回到树上
斜飞着，盘旋着，忽上忽下
似雀，似燕，似鹰，似送葬的纸钱
似还有许多仇怨没解
似还有许多遗言，没完全嘱托

踩着落叶，似踩着时间的骸骨
"吱吱"的声响
似庄周笔下，髑髅发出的呻吟
愿意重回树上吗？听听回答
绝不，愿被点燃，发出最后一道光

从高高在上，到低于尘埃
似岁月发布的一篇宏大的宣言
有人老之将至，嗅到了死亡的气息
有人读到了辉煌，美好的结局
有人看到了唯美的焦黄，杰出的性感
有人悟到了人生诸多的无奈……

2020-9-13

被遗忘的柿子

叶已落尽的柿子树，犯了错似的站着
高举沉甸甸的果实——
红彤彤，似精致的小灯笼
丰富了山间贫瘠的表情

被时间遗忘了，还是被人遗忘了
这是岁月慷慨的馈赠啊
路过的人，疑惑地多看了几眼
惊飞了几只偷食的鸟雀

是否是更具智慧的另外一种安排
作为一种水果
能果腹，能慰问味蕾
若能在精神层面掀起风暴，更可贵
因为它在那里一站，就是风景

可做更深一层猜测，抑或是慈善之举
人最会利用各种道具，表明自己
本来就是自然之物
理应与其他生命分享

2021-11-5

秋天里的杜鹃花

山坡上，杜鹃花再次盛放
娇艳欲滴的青春模样
与周围衰老了的草木，格格不入
游客惊叫，像发现了新大陆
山鸟不知就里，慌忙高飞远遁

这些野生，而非人工种植的杜鹃
开花的任务，早已完成
应该跟其他草木一样
叶，该落的落；枝，该枯的枯
何必在秋天里，制造春天的假象

几只蝴蝶，在花丛中嗅来嗅去
像一些想探个究竟的科学家
这是祯祥，还是妖孽
这，预示着幸，还是不幸
我不断按下快门，取证留存

2021-10-8

桂花常用它的香，作暗器
偷袭经过它身边的人
没有人不喜欢中招，没有人
觉得，它会让人迷失津渡

它用香气把整座城市泡了
它把整座城市变成了温柔乡
只有失去嗅觉的人，还醒着
他们该痛苦呢，还是该幸福

太阳越烈，香气越发浓郁
它是披着阳光的外衣
黑夜越黑，引诱力越强
它裹着月亮神的清辉

我怎么能放纵自己？我还年轻
我不能停下豪迈的脚步
还有好多梦，要找上门来
沉沦和迷醉，是一种犯罪
迅速逃离，找一个崇高的借口

2019-10-23

十月来信

友人来信问，杭州的桂花开了否
我只能答，你来了就开了

桂花开不开，跟人笑不笑，一个样
在哭的时候，怎么笑呢
在愤怒的时候，怎么笑呢
在遭劫遭难的时候，怎么笑呢
在问：山河无恙否，怎么笑呢

桂花开，或不开，跟莎士比亚问
生存或死亡，是一样的重大问题
往小里说，桂花心里急了
往大处说，遭天谴了
南旱西涝，后果有多严重

桂花迟到，早退，我们都要抗议
正常绽放，便是人间幸事
我期待远行的朋友，早点归来
在桂花香里，共浴，共举杯

2021-10-13

霜月里

夜露从白，节候已进入霜月无疑
稻草人回家了
玉米，高粱，大豆，也已归仓
只有田野，裸躺着，需要喘息

小时候，我是牧童。我放养的牛
如果还健在，该功高震主
现在应该躺在豪华的稻草窝里
有太多的岁月故事，要反刍

我常抬头望天，从小养成的习惯
希望发现童年的雁群，一字，人字
不断变换着阵形，向南方飞去
直至飞出我的视野，留下空白

可惜，天空，不再是童年的天空
迁移的，不是雁群，而是人
南来的北往，北去的南归
一张生活的网，似乎永远编织不完

2019-12-16

虫鸣

秋虫的叫声如露水，把秋夜打湿
叫一声，应一声，此起彼伏
但明显感到它们的热量已储存不多
对气候变化，它们是最敏感的啊

在最高温的时候
虫鸣，排山倒海
大有夺人心魄、惑乱神志之势
我坚持了自己的脚步，不乱

我是喜欢在虫鸣中行走的
那些叫声，有点刺耳，有点媚态
我一律把它们当作鼓点
当作敌人，在我的身后嘲笑、呐喊

秋风起，秋霜将履职
虫们收敛了许多，正在想退身之策
只是习惯了虫鸣的我
以后走路，脚步会不会有点乱

2021-9-22

立冬日的夜晚

夜晚，把大山关进了牢房
山谷，更加地黑了
不合时宜的虫鸣
加深了山谷的恐惧

我在深山的羊肠小道上走着
这该死的，立冬日的夜晚
有人捧杯，契阔谈宴
有人却要听取那些即将死亡的唠叨

黑和寒冷一结合
会起什么化学反应
这是山谷的恐惧
也是我的恐惧

带着寒意的虫鸣，像丧钟
丧钟，为谁而鸣
不能以为事不关己，就漠然不闻

2020-11-7

深冬即景

最后一片失血的叶子，在树巅
颤颤巍巍地，落了下来
在湖面上，留下了绰约风姿
冬天将尽，还是要加深

湖的心情，渐渐趋于平静
复杂的表情，在夜半被固化
山，将其作为梳妆台前的镜子
从中，读自己的笑、自己的哭

我的心情，渐渐趋于平静
经历了无数场暴风雪
刀砍斧凿的形象，立在路旁
众人前行，多少有点路标意义

寒树，发现了自己形象不佳
寒鸦，绕树三匝，不识故乡
这，虽不失于一种风景
若长出更多的乡愁，就更堪看了

2021-1-13

冬天

长衫、短袄，绒衣、绒裤
高筑城墙，抵御外敌
"真冷了吗？冷到骨了吗"
"冷了，泉眼都清冽见底了"

冻得通红的小手，像胡萝卜
冻疮密布，痒到深处
北风作恶，绝不留情
残忍的记忆，终生无法修改

现在怎么不感觉到冷了呢
抑或皮实了，风雨不侵
抑或接受了蹂躏，麻木不仁
抑或热血已到了沸点

我用历史知识，织了一条围脖
抓住了冷的本质
就不会再怕冷了

2020-12-15

十二月的忧伤

这些树，光秃秃的
一株一株地站着，数不胜数
像是十二月的忧伤
在风中，背着手，伛偻着
那些枯枝像欲飞的翅膀
竭力向上伸展，想摆脱
困着它们的残酷大地
它们摇曳着，颤抖着
它们用自己的身体养育声音
哭泣，呼喊，沉重绝望
道尽了阳光下无尽的苦难
可是，都被风带给了远方
这些树，上了年纪，不会死
在映山红丛中
还会迎来下一个春天
只是烦透了秦汉时的日月
心中鲲化为鹏的欲念没变
能有万千化身
牛奶和甘露，就略显多余

2020-12-26

冷时冷起

冷，进入南方身体。如垂天之云
玄武旗，以清理门户之名，猎猎作响——
南方朱雀，老撅着妖娆的屁股
口不择言，蛊惑人心
时不时，让人发汗在背

一排一排的树木，丢盔弃甲
让人重温了北宋末年仓皇的历史
野草，枯槁。成灰，只差一把野火
皮肤干坼，荒芜千里
灵魂，欲跪未跪，浑身颤抖

它拥有雄兵百万——雨
一阵紧似一阵，无情地浇向大地
风，成了刀，被磨得锃光闪亮
还要在群山之上，狂舞银蛇
让大河上下汹涌的浪，成雕塑模样

要冷时冷起，像温水煮青蛙一样
不知不觉，达到了折磨的最高境界
痛，不仅是烫伤导致
冷将更甚。它，就像电烙铁
在骨头上滚过，滋滋作响

2020-10-16

真正的冷

有人说，最喜欢冬天
欢迎严寒敲窗
不在乎，额如冻土
皮肤皱裂，如旱魃作孽
厚装严裹，以为
比薄纱轻绸的夏天要美
唯一的解析
没领教过真正的冷

有人说，最喜欢冬天
喜欢浪花被塑造成雕像
湖面被冻成盖子
强按着鱼虾蟹蚌的怒气
喜欢雪花盛开，粉饰世界
不会留意鸟道被封
唯一的解析
没领教过真正的冷

下列情形
还不构成真正的冷
滴水成冰，呵气成霜
失门，偏遇北风呼啸
饥寒交迫，发生了综合作用
流落街头，恶犬紧逼
城门失火，池鱼无法逃离

有种冷，叫令人心寒
一种渴望被隐瞒
一种承诺被背叛

2018-11-18

黄昏触景

汹涌的河流停止了汹涌
我从河边走过
数片落叶，静静地泊在渡口
夏蝉使劲地叫着黄昏，声音沉重
像被落日涂上了一层金色

哦，星期天，河流也休息
鱼，找到了一隅，静静地待着
风有点轻狂，挑逗着树
挑逗着在河边的花花草草
掀着她们的裙角

我不紧不慢地走着
知道时间老人在催促
充满乡村气息的炊烟在城里是没有的
但饭菜香已在鼻端发酵
母亲的叫唤，一声短，一声长

浑然回到了童年
回到了母亲的年轻时代
如果时间真能够倒退多好
我将亲手抹掉母亲脸上的褶皱
让青丝像瀑布在母亲的后背垂落

2019-7-14

白色的太阳，像一枚银币
软弱的光芒，力不能穿鲁缟
更别提穿透人心
它一直坚持惯常的动作——
高昂着硕大的头颅

它不是僭主
是亘古、永恒的王
它统治白天，也统治黑夜
它用震古烁今的语言
发布命令，让一切臣服

暂时离开现场
妖星，荧惑星，群魔乱舞
累得不行的时候
风乘机收割四野
河水，恣意结冰

仰仗它哺育，仰仗它成长
在它的注视下，衰老、死亡
想摆脱它的照拂
悲哀地发现，这怎么可能

2021-1-1

羲和之子

太阳，在山之南，也在山之北
太阳，在白天，也在黑夜
它是永恒。没落到你的眼里
不意味着背叛，或沉没

它统治万物的肉体和灵魂
它，纷纷扬扬，下着太阳雨
赋予生命以生长和高度
赋予果实以甜，以酸，以苦，以咸

它会愤怒。刮起的太阳风暴
吹断了地平线
吸干大地的血液
把所有的绿色，当成饕餮大餐

它是羲和的儿子。十个兄弟
被羿杀死了九个
它无处不在，无时不在
它的爱，是恨，是为了报复

2021-1-25

夜的口袋里装满了冷空气

外出走路，需要鼓足勇气

突然发现今晚的月亮，像初恋的眼

本想怒骂几句鬼天气，憋回去了

现在，心里全都是善意

每个人心里都有一个月亮神

黑暗中，是你的灯

恐惧时，是你的胆

高兴时，她会展示俏丽的容貌

生气了，露一半，给你看看

特别在晦朔之时，摆谱，隐而不见

突然发现风的刀，钝了许多

与我一起徘徊的云影，离开了

月亮近得伸手可触，好像就挂在

屋顶上，一直在盯我的梢

她在屋角露出半脸，调皮地笑着

我的童心满血复活了

这不是夏商周时候的月吗

她翻越几千年，没有一点惫态

她的眼神还是那样鲜嫩，审视古人那样

审视着我，直让我心里发慌

在无邪的世界里，所有的隐瞒

都是错误

2019-1-22

一轮圆月，高高在上
感叹之余，多看了几眼
忽觉这份端庄，这份清丽
有点久违，似曾相识

要是在过去的乡村
这时候，院子里早摆开桌椅了
童年的天空，一尘不染
月亮，慈祥得像奶奶
天真的星星，老是眨着眼
牛郎、织女、北斗，一找就着
当然不懂牛郎织女的爱情
不知北斗在今后人生中的意义

有了家庭，有了孩子后
做了城里的人
迁徙，搬家，候鸟一样
这时候的天空有点浑浊
月亮，像青苹果未熟透
无心找牛郎、织女、北斗
只在睡前，讲讲它们的故事
女儿还小，似懂非懂

女儿长大后，心也大了
不再在乎小城

把爱巢筑在了国外

我要告诉女儿
今晚的月亮又圆又大
是爷爷奶奶那个时候的月亮
没有比国外的差了……

2018-6-28

雪后，众生现出了本来面目

竹，比赛着把腰弯得更深
有人评说，这是韧性
我认为，一切为了活命

青松，没有这样幸运
遭受了古典五刑，断头，断臂，甚至腰斩
要有尊严地活，必须付出代价

鹰，每次高飞，都身藏寒刀
广角的锐眼从万米以上雄视
无限江山都是它的爪下之物

燕雀仍不改《逍遥游》里的模样
何必懂鲲鹏南图万里之志
腾跃而上，不过数仞而下，翱翔蓬蒿之间

梅雪争春，一个美丽的故事
骚人墨客善于挑唆，几成事故
风居中调停，它们都成了春的使者

反倒茶花，扮演了勇敢角色
越冷，绽放得就轰轰烈烈
掏出白色世界里的单调和孤寂

2018-12-20

路上遇雨

没做好任何准备，半路上
就被一阵雨拦劫了
看它千般柔情，万种风情
可能出乎多情，绝不会因为悲痛

入夏以来，没有不幸的事情发生
万物生长，齐头并进，不甘落后
响过几声闷雷，警告意味更多些
人们只当天公的肠胃不适

可怜我的新鞋，可怜我的娇躯
从上到下，都是它的吻痕
它把我当作一堆熊熊燃烧的欲火了
想从中取其所需

不躲不逃，任其蹂躏
不仅我
山川愿意，田野愿意
路边的小植物，都是很欣喜的样子

2019-5-26

台风"米娜"分外温柔，经过我身边的
时候，只把我的衣角掀了掀
没有让我脱掉帽子，向她致敬
没有让我防着她，像防强盗

我是喜欢台风的，她有一股骚劲
一年来几次，就行
她会摧毁许多美好，可是
她更会摧枯拉朽

她是一种力量，没有是非、好坏和善恶
不会因为今天是好日子就不来
不会因为痛苦而不光临
也许她就喜欢雪上加霜，让你注意她

"米娜"应该来得更猛烈些，在这深秋
把污水带走，把阴霾带走，把一切腐败
带走。留下的，都是该留下的
然后，让我们说"天凉好个秋"

2019-10-1

夜雨

月亮睡着了，星星睡着了
夜，正走向梦的深处
而雨，却将夜打湿
淅淅沥沥，像埋怨，像指责

淡黄的灯光打破了沉默
思绪万千，像雨丝
在这雨夜
我能做什么

不老实的心，蠢蠢欲动
一定要干点惊天动地的事来
譬如去偷个鸡、摸个狗
或者去偷一段情，为平淡增项

太平凡的人
还是做些平凡的事较好
去书架上，揪出几本经史子集
找找先人的路，或看看宫廷争斗

在这雨夜，类我者几何
漠不关心这雨的成因、质量、雨量
还要下多久，对今后的影响
从不听听雨的烦言絮语

暴风雨前夕

蓝天在牧马
白云在散步
太阳收起了严厉的目光
摆出了要宽恕一切的样子
暴风雨就要来了
谁在虚构这样一幅和平景象

风在欢快地唱歌
小河在哼着江南小调
岸柳睡着了，系舟无力
街道井然，行人从容
暴风雨就要来了
谁在塑造这样一幅宁静景象

有的已身陷囹圄
有的正在前去的路上
小鸟在天空慌忙地穿梭
它不幸地发现
它的爱巢正遭倾覆
它的同类正遭驱赶，围剿

风，突变强劲
树哆嗦着，开始发愁
天空黯淡，乱云飞渡
像嘴角掠过的一丝阴郁

人心惶惶，开始动摇
这场暴风雨能带来什么

根据天气预报
早知一场暴风雨要来
迟来不如早来
落叶堆积够多了
污水横流，城市面目凄惨
人们纷纷寄予厚望

2018-10-5

天漏了

初春的天空薄如蝉翼
不知谁碰了一下，四分五裂
满肚子的水，滴滴答答
苦大仇深似的，倒也倒不完

不相信天空在垂泪
她悲哀什么
因为十个太阳被射下了九个
因为星辰纷纷地逃离、背弃
那么多的鸟在翱翔
那么多的乱云在飞渡
她的高度在那

小时候，大人告诉我
不能乱叫皇天，会遭雷劈的
三皇五帝都要祭天
以免被惩罚
历代君王更是以天之子自居
虽然干了不少伤天害理的事

天，漏了
需要补天的女娲，需要五色石
但我相信这是上天的乳汁
严冬过后，万物，嗷嗷待哺

2019-2-19

唤醒装睡的人

气温很低，别以为我怕冷
经过火的人，还怕冰
我会穿很多衣服
我会集中很多优秀品德

不会眼睁睁看着他们走在死亡路上
我会高喊些温暖的口号
穿单衣的人听了，热血沸腾
睡桥洞的人听了，似加了层被

那些行道树，是例外
它们是些经过冰川纪的树种
给它们抹上石灰，穿上保暖衣
可笑，多此一举

不是最冷，还会更冷
恶的人，不会死
善良的人，还真不一定
能唤醒那些装睡的人，就值了

2020-12-30

明明绽放于此岸，却叫彼岸花
状若攥紧的拳头，无力松开了
是否意喻天地万物与它不再相干
红花需要绿叶，黄花需要否
至少彼岸花不需要

有人说，彼岸花开在地狱的门前
还好，不是开在地狱里
不然，见过的，岂不都去过地狱
门前是人间，花后是地狱？
花开遍地，难不成地狱也遍布各处

开在此岸的，叫作彼岸花
开在彼岸的，叫此岸花，如何
此岸彼岸，土地都足以供奉美丽
彼此彼此，其实都是人间
人间，就应万紫千红

此岸非天堂，彼岸非地狱
幸福即是天堂，痛苦便是地狱
天堂和地狱，都建在每人的心坎上
彼岸花，要做回正常的花了
不想为天堂代言，为地狱背负恶名

2019-7-25

屈轶草

屈轶草，又叫指佞草，是一种草
曾长在黄帝的庭院里
具辨别忠奸妍媸的特异功能

这种神圣的草，长什么模样呢
历史没有交代
它只活在《竹书纪年》里
让人膜拜

这样的草，活得长，才怪
白天没工夫锄掉，连夜将其拔除
火烧、水淹，根除而后快
它活着，意味着居心叵测者将死

所有的神话，寄托着人们美好的愿望
对佞臣的深痛恶绝
对佞臣旺盛生命力的无可奈何
其实，人人都可做屈轶草的

2020-9-8

小芽儿，鹅黄色，似乎一碰即碎
暴出的声音，清脆响亮
寒风，还没过去
寒流，还要再度南下
要向世界亮明态度：生命无所畏惧

它是湖畔的金柳
我曾称誉它是雪天里最美的新娘
一身素裹，独立寒风，顾盼生辉
我曾称誉它是夏天里的女神
那旷世的柔情绰态，勾引男人

曾是灞桥的柳，送别的最佳道具
曾在《诗经》里占有一席之地
"昔我往矣，杨柳依依；今我来思
雨雪霏霏"
红颜易遭天妒
怎经得住秋风秋雨的恶意

刚冒出头，就那么一点点
它是春天的信使，黑暗中的如豆之灯
丢盔弃甲的残兵败将如获至宝
它们重拾冲锋陷阵的号角
为生命的尊严而战

无须多日，二月春风似剪刀
我们日以为常的世界将被重新安排

2019-2-25

种子

凡生命，都有种子
凡种子，都需要土地

没有种子的土地，一无所有
没有土地的种子，做不成母亲

播种善良，收获和平
播种邪恶，烽火连天

哪里有愚昧，就去播种智慧
野蛮的土地上，必长出文明之树

在荒凉的岁月
没有人，把种子当作填腹之物

凡种子，都是为了繁衍

2019-4-11

红杜鹃

这么多的杜鹃花
我怎么爱得过来呢
醉入花丛，不知归路
说的大概就是这等盛况

我知道不是为我开的
为了表明春已来过
满山的红杜鹃纷纷凋谢

我的足迹有没有留下
真的不重要
春天有没有来过
事关高姥山的生死

在高姥山，我们召开会议
讨论春去之后
红杜鹃如何安置

2019-4-30

银杏

这回，银杏叶子，真的黄了

冬天的南方很冷
忧愁的天空，时常垂泪
飞禽走兽都感到沮丧
这时，在田野，在山间，在岭上
银杏树适时地出现了

银杏树，它用浓烈的色彩
发起攻击
它似天地间燃烧着的一团火
烧向寒冷
它是身披黄金铠甲的战士

它们本能地活着，平凡地生长
不枝不蔓，不妖不娆
银杏叶子可不这么看
它偷了太阳的色彩

似乎是长在广漠之野的树了
似乎是来自无何有之乡的树了
它闯进了我们的生活
两眼为之一热，心头为之一震
它成了我的艳遇

其他瑟瑟发抖的树，自愧不如了
然而，"山木，自寇也"
谢幕的时候
它以旋转的方式，优雅地投怀
并说，这是它最后的贡献

从初秋，到深秋，到冬天
我一直期待着，银杏叶落
在城里，银杏叶的凋零
是一道风景

2015-12-8

人是太阳生的，失温即死
人是水生的，先人逐水草而居
人是气生的，气若游丝，命悬一线
人是土生的，像所有植物一样
人那么复杂，是它们的综合体生的

毫无疑问，人生于人
马、牛，或其他动物，不会生出人
人，不会生出其他动物，如马、牛
有的人，为什么不如禽兽
有的人，为什么禽兽不如

人生出人，是自然，还是由于自然
是必然，或者纯属意外
是机会主义，或者自发自愿
有人说，人是快乐的附属产品
可是，为什么都那么忧，那么愁

2021-10-20

昙花

昙花一现，瞬间的美
——突然绽放，转瞬即逝
有人不惧蚊蝇侵扰，彻夜守候
想用自己的目睹，做美的证据
亲手拭去蒙在传说上的尘埃

既然这样美，美得不可方物
为什么不更热烈，更奔放
如此这般的羞羞答答
难道，内有不可言说的苦衷
抑或，是一种留存于世的手段

美，都要经过摧残的
这种受虐的理论，我不十分赞同
现实却不容我多想
那么多，专业的机构
那么多，精致的辣手

虽为瞬间，足以可贵。就像
彗星划过天际，发出了耀眼光芒
瞬间，不是永恒
让瞬间，成为永恒
具备免于恐惧的自由，才有可能

2020-11-26

挂钟

白色的墙壁上，一只黑色挂钟，停走了
停在英雄的早上八点、九点之间
意欲修复，后又作罢——
留在英雄时刻，永葆青春

挂钟、座钟、手表，凡计时之器
都是残忍的刽子手。它们杀死了
分分秒秒、年年月月
它们杀死了我的父辈、祖辈、祖祖辈辈
现在，不出意料，图谋到我了

挂钟停走了，我的惶恐该结束了
不用再听"嘀嗒""嘀嗒"惊心动魄的声音
——那是滴血的声音，生命流失的声音
不用明镜里悲白发，愁沟壑纵横

我甚至嗔怪它不应停在这滴水成冰的时候
为了生命的芬芳，应停在春天
或停在秋天，永无冻馁之虞

突然发现，这一切都是幻影，都是奢望
日出日落，月出月落，循环不已
仅仅停钟，是不够的
也许有一天，太阳的发条，也会坏掉

2020-12-16

它们，被春天安葬

暖风轻拂，旧叶的生命一碰即碎
它们，注定要在春天里死去
在不讲理的自然法则前
没有无辜者

不关正义，或非正义
不关是，和不是
树干没了，要叶子何用
哲学家的灼见，高明的辩证法

跟秋天的凋零，自然不同
那是一票难求、凄绝的风景
那是生命最后的灿烂华章
那是顿悟过后的毅然决然

它们，将被春天隆重安葬
因风不同，或因泪水过多
它们的坠落，并不优美
回归大地。唯一不用追求的结局

樱花

樱花怒放，并不觉得是幸事
它站在春天里。却
满头白发，迎风招展
远望着，多像我业已作古的母亲

站在樱花树下，好像
被母亲再一次搂进怀里
苍老的枝干，笔直伸向天空
似乎是母亲为儿祈祷

樱花，洁白如雪
一片一片飘落，在我的左右前后
不一会儿
堆积了厚厚一层

我不胜悲切
凋零的，是母亲的美好年华
飘散的，是母亲最后时光
每一瓣，都满怀深情

超级保姆

太阳远行归来，明媚、勤劳如初
心头埋着的霾，瞬间冰释

现在面对的，是调色板一样的古战场
倒春寒的叛乱，需要平定
欲开未开的花，需要催促
道路上的枯枝败叶，亟待清理
还岁月一副欣欣向荣

我走在路上，心情极好
我主动伸手，与河流握手，水已发暖
我去仰望高山
高山一改愁苦，胖了许多
我去探望田野
癞蛤蟆苏醒了，想吃天鹅肉

一切都在有序展开，我放心了
太阳，是一个超级保姆
细心、体贴，照拂着万物生存生长

春天的水杉树

那些水杉树，在死亡边缘上
被东风拉了回来。浑身上下
注入了新鲜血液
幼嫩的叶子，又从童年开始生长

这是个多情的季节，无疑
足够多的雨水和阳光
让瘦弱的理想，渐渐丰满起来
许多爬行的动物，都直立行走了

水杉树喜欢活在多水之地
闲来无事，就提桶打水
经常揽镜自照，看看翅膀硬了否
它青翠的力量，想飞了

青春多好啊，无限种可能
青春若能再生，死亡就不是威胁
我的感喟，充满哀伤。水杉树
在我称羡的眼神里，一天天伟岸

春山空

去山里走走，春天会感谢你
蔓草，已复活，又绿了
灌木丛长出枝条，收藏小动物的巢
走累了，路边的树已有力量
会伸出手，拉兄弟一把

山，矗在大地上，像盖子
严实捂着不可告人的秘密
山花咯咯地笑着
山雀，早早地被叫醒，飞向天空
黑暗裂开一缝，黎明漏了下来

这是一张古老的油画布
堆积着陈旧的、新鲜的各种色彩
这是一幅永远无法完成的画作
刚一落笔
便已草老，便已花落

我感觉，山，是挂在大地上的钟
上帝是撞钟的不二人选
撞出春天的旋律，无法拒绝

冬至日，无风，心旌静如止水
白云几片，在心头飘荡
挡不住丽日在天，大放异彩
落叶，一路上纷纷扬扬地落着
像止不住的失血

今夜长夜漫漫
对一个无理想的人来说
是一场灾难——要硬挨，硬熬
今夜，墨色最多，最浓
将倒出一年来最多的苦水

太阳换角度了，今年不冷
这是彻头彻尾、真实的谎言
今天为界，往后将越来越冷
或许明天，或许后天
气温骤降，寒流滚滚

曾力劝造物主，何必咬牙切齿
我捧读落叶，像捧读谁的罪己书

下雪了

雪花飘飘，谁在弹琴

这是天地之间，宏大的叙事

春天，听不到

夏天，听不到

秋天，贴着门偷听，也听不到

只敲冬天的门

只在山穷得只剩裤衩的时候

河流的皮肤，冻得起了褶子

不怕死的麻雀，分列高压线上

成了演奏的五线谱

因为雪花

冬天才露出温情的一面

因为雪花

所有的冰冷，都有了温度

冬天的苦难，雪花出手化解

山

山，就像哪个大人戴着的帽子
风一来，就要摆动
雨的无数双手，硬是把它压住

山，就像正在认真啃草的羊群
风一来，四处逃散
可是，它们的蹄子生了根

山，就像陆地上的浪
风一来，向天边滚滚而去
水天连接，永远有一浪在我眼前

山啊，始终是山，是忠诚的犬
摇着尾，扒在我的脚边
任风狂吹，哪儿也不去

第二辑

湖海山川，可以群

大山的儿子

大山的儿子，爱上了大海的女儿
爱她的欢笑，甚至她的愤怒
她的笑，蓝色基调，丝绸般的柔软
她的愤怒，是狮子的愤怒
一种宁为玉碎的豪迈和悲壮

大山的儿子，拥有千沟万壑
必须展示巍峨和伟岸
他会大声告诉他的向往，他的仰慕
他张开有力的手臂，成为海湾
把大海女儿紧紧搂住

希望活成大海女儿眼里不老的风景
几缕炊烟，几缕晨雾
都足以引起她的浩叹
他有雄心壮志，深情厚意
希望被她正确解读

蓝色的风，不断地吹拂着，像手
在触摸他的骨头
她种着无边无际的浪花
他卧听着潮起潮落
如听衷肠倾诉，从日出到日暮

2020-6-2

瓯江

黄河、长江、恒河、尼罗河、亚马孙河
还有，我家乡的瓯江
凡伟大河流，都泥沙俱下

群山站着，像目送远行的母亲
瓯江，从它们的脚边流淌。似一行清泪
有孕育瓯越文明的疼痛
有记载在《左传》《史记》里的悲伤
它成千上万年地活着
眼看着无数次日出日落的辉煌和死亡

约 400 公里的水路，过关夺隘，百折不挠
急匆匆地流逝。就像
刘伯温出山，赶去建立大明朝。就像
谢灵运来开辟山水诗。就像
郭璞注《周易》一样，规划温州城。就像
孟浩然寻友，问"何时到永嘉"

它滔滔不绝的宏大场面
像一头攥不住的奔牛
西洲岛、江心屿、灵昆岛的钉子，钉不住
它走出黑暗，奔向光明地
它走出狭隘，归入东海
就像驺摇，携子民归入大汉
就像近代无数有识之士，前往欧美

"水至清，则无鱼"
瓯江得益于长期浑浊，保持着生物多样性
没其他河流雄壮，它的激情从不示弱

2021-2-13

何时到永嘉

楠溪江流入瓯江，瓯江奔向东海
两江相汇，似两龙相争
必有阴风怒号，恶浪排空
但没有，它们文明得似两情相悦

瓯江一撇，楠溪江一捺，似人字
被巨笔写在我家乡的大地上
又像是精心编打的领带
被我家乡骄傲地佩戴在胸前

群山连绵，是为傲骨
江水滔滔，足成热血
一副锦绣面貌，引来无数注目——
"借问同舟客，何时到永嘉"
"自言官长似灵运，宜使江山似永嘉"

这样的土地，才不会辜负历史
不然，怎么会成山水诗的发源地呢
这样的土地，才会产生众多异类
永嘉四灵，永嘉学派。他们的胆色
让憔悴的南宋江山，生动了不少

2020-1-23

这算什么，路过太湖的时候
只留给我一瞥
那峥嵘的面目，那波诡云谲的历史
都被车轮留在了身后

那是吴越春秋的古战场
常阴风怒号，常夜闻鬼哭
那是大唐诗人杜牧频频回眸的地方
烟波浩渺，美得惊魂

那是越国大夫范蠡的解缆处
一路北上，成了富可敌国的陶朱公
他解印潜去，"狡兔死，走狗烹"
是否是恶浪给他的神谕

风从湖面吹过
像在解读一行行文字
西施是否从这里渡将过去，做了夫人
最后成了天下男人的梦中情人

那是一面观古知今的镜子
湖里每条鱼的存活和死亡，不会平白无故
那是只犀利的独眼
就要看谁在作恶，然后记录在案

2019-6-3

湘湖寻履

越堤为柄，湘湖是一只精彩的杯盏
越王勾践，把酒饮恨
假装酒醉，被押解北上
从此，吴王夫差多了个诸侯王级的奴仆

湘湖的水，纯又净，清又澈
酿造的香醪，人人杯不释手
也许还杂有西施、郑袖的胭脂、香粉
吴王醉不省事，三年就把劲敌放了

越王城山里，十年生聚，十年教训
成大事者，不仅要学会屈，还要学会装
一眼泉，此山的独眼，是为见证
苦心人，天不负，三千越甲，终生吞了吴

据传，吴王死前，要求蒙上眼睛
无脸再见地下的先人，悔之晚矣
兴衰，一念之间；成败，一念之间
英雄，狗熊，一直在做轮盘赌

至今，湘湖不少一抔土，风光更加旖旎
越王，吴王，不知化为了哪一粒尘埃
湖底出土了刀、剑、戈、矛
待考古者仔细辨认，再晓以天下苍生

2019-12-13

总有一些远方将我吞没

总有一些美好让我堕落

海上已浪花盛开

礁石，丑陋的形象，十分鲜明

鱼群，不时地抛来挑衅的眼神

可是，从南到北

风暴肆虐，接二连三

掀翻为我饯行的盛宴

企图摧毁我的信心

涂改我在众人心中的英雄形象

而这城市温柔的目光

也让我难舍难分

有垂柳如秀发

有湖水如清眸

有草地如肌肤上的茸毛

我忧我愁，去海边

以海之大

必定不辞我的那几滴咸泪

我欢我喜，去海边

我疯了似的叫着，喊着

似乎要把所有的冤屈倒进大海

风暴必将停息
我要去海上，去海上
带着城市赋予的力量
海鸥，我最熟悉的朋友
它不再嘲笑我是懦夫

2018-9-25

海上听涛

我躺在床上，在一个陌生的
城市。不，在东海浩渺的烟波上
一个孤独的岛
四周都是陌生的眼睛
涛声"哗""哗"，一声紧一声慢
不知疲倦，没有休止符

我不是来听涛的，但分明感到一种
人间的呐喊——
不幸者，听出了不尽的哀怨
愤怒者，听出了抑制着的不公
欢乐者，听出了天地的和谐
久别重逢者，听出了月光碎地的华丽

四周都是海水，像密闭的一座城
我突然惶恐起来，如果沉没
这小岛，将剩下几把骨头
广袤的蔚蓝，固然美丽，除了盐
带来的只有动荡不安。
"哗""哗"，似大海的心跳，我的心跳

2019-10-7

海上遥寄

海上日出，艳若一滴血
一大片海，充满着疼痛感
海上落日，像一声沉重的叹息
散满西天的都是留恋的情绪

日出虽丑陋
我怎么舍得，将其送人呢
夕阳是事故
怨气满怀，只可留给黑夜

我在海上，身边
只有不可斗量的海水
我乘坐的小渔船，租用的
我只拥有仅供想象的远方

你拥有高原的全部，你缺什么
什么都不缺啊
那里原来就是海
现在还多了雪花、雪峰

2020-10-4

海燕，三五成群，贴着海面飞行
貌似弱小，竟飞出"人"的气势
但我欣赏的，在恶浪之间
仍平飞徐徐，始终保持着一种优雅
这种真功夫，需要若干代练就

"让暴风雨来得更猛烈些吧"
不容怀疑它的勇敢
我只认识家禽、山鹰、灌木丛里的麻雀
从高尔基的笔下认识它
那时已是英雄

不知从何处来，傍晚栖在何处
翅膀覆盖的地方便是家园
力量到达的地方便是疆界
它的岁月不完全是狂风暴雨
在海平面下，它拥有众多朋友

任何生命，都不能小觑
我在海上航行
海燕经常光临船头，展示自信
大都默默，偶尔凄厉一叫
浪花千里，缤纷四起

2019-5-8

小镇濒海

海，故意捉摸不定
每次出海前，总要跟小镇干一杯
不管是在左拉的《小酒店》
或海明威常光临的古巴酒吧
饮下的都是激情

小镇很小，像麻雀的窝
但把自己搭建在海岸线上
每天欣赏着蔚蓝和辽阔
每天在涛声的摇摇晃晃中生活
是飓风的眼中钉，想赶却赶不走

每当我想念远方的时候
我就会光临小镇
且必会在小镇的怀里度过一晚
有海堤似龙，匍匐在小镇脚下
我会上去，让蓝色的晚风吹吹

出海归来
远远地望着小镇背后的山顶
心里竟然非常踏实
好像爱的人就站在那里
双眼挂满期盼

2019-5-8

黄昏海边

黄昏来到海边
海岸线弹唱着晚歌
我走在沙滩上，任沙掩盖脚背
落日默默，没有哀叹
大海在那趴着，像一只波斯猫

夕阳，在海面铺就红色大道
归港的渔船，汽笛声里充满深情
渔港忙碌着，热闹着
收获的喜悦，一直持续到渔火闪烁
而岸边的晚祈，早已开始

看着那张张疲惫的脸，听着
那声声焦急的脚步声
家就在不远处，灯亮着。兄弟
还有什么比妻子的脸更动人
还有什么比孩子稚嫩的叫声更甜蜜

这是一个普普通通的海边黄昏
这是一个即将进入黑夜深处的渔港
日出和日落，天天上演
欢乐和痛苦，天天上演
都那样平静，好像一切都不曾发生

2019-10-2

岛的印象

岛，是美丽的，又是孤独的
当落日以自杀方式跳入海中
岛，安坐琴前，按下了第一个音键
弹起了《海洋蓝色的传说》
时而舒缓，时而激烈
直至朝霞四起，太阳复活

岛，是深情的，又是落寞的
甘愿做大海的情人
大海的情人无数
涨潮了，匆忙来探
岛，笑容广阔
落潮了，像赶往别处
岛，呜咽着不舍
海，留下了一道道无情的吻痕

岛，是沉浸的，又是沧桑的
是一个智者，正在禅修
不理世事，不问甘苦
与大陆拉开了有效的距离
任雨，在身上种植草木和庄稼
任风，在身上雕镂艺术作品

岛，是善良的，又是沉默的
时间想埋没它的形象

偷走它的智慧，考验它的意志
岛却越发青春年少
招徕了疲惫、受伤的鸟，安家落户
人类的足迹追踪而至
将它的伤口作为风景进行解读

2018-11-24

那片海

解开船缆
就像给新生婴儿剪断脐带
注定要在风雨中漂泊
注定要在浪涛间流离颠簸
此时，正值黎明时分
广袤的黑暗刚被撕开了个口子

缓缓地离开了港湾
无数的窗口正泪眼婆娑
高大的烟囱成了挥别的手臂
碧绿的海面无垠展开
像一张盛夏的接天莲叶
我的小船像一颗晶莹的水珠
在叶面上晃悠着

决心向大洋深处进发
好像有个梦要完成
海鸥，一路送别
海豚，保驾护航
这时候，太阳出来探望了
众多的岛屿头戴金盔
它们像列兵，竦峙海上
等我来检阅
好像已等了几千上万年

没在大海上航行过的人

怎么能奢谈人生

有过痛，有过苦，有过恐惧

但我从不仇恨

大海的味道，不会只限于咸

2018-5-3

礁石

在浦坝港，向海上望去
许多礁石，胡乱杂处
它们像我。我是钓者，它们更是

我希望是庄子笔下的任公子
蹲在会稽山，抛竿东海
用五十头牲畜为饵。我没这财富
但要钓大鱼，让整个浙江都能尝到美味

礁石，一个老钓手
不惧风雨，不惧千里汹涌澎湃
它被海水包围，被鱼包围
它用血肉之躯，在喂养它们呵

钓的最高境界，是不钓
众生平等，尊重所有生命，不易
遥望礁石作钓，我在想，它是否想做
姜太公，垂钓天下

2019-9-23

浦坝港

不认识浦坝港，浦坝港也不认识我
夜来了，浦坝港在飓风中摇晃
星光，被吹散了
热闹的渔火，集体沉默

来这里采风，真的采到"风"了
风骨，遍地皆是
风格，随处可见
还有风一样的速度，风一样的情怀

高大的龙门吊，狂吸黑暗的力量
塑造自己无惧无畏的硬汉形象
不远处，巨轮正经历诞生前的阵痛
大海的招呼，一阵紧似一阵

浦坝港，我是一个陌生人
注定是一个不平凡的夜晚
风在窗下唱着情歌，吹着笙、箫、笛
慰我不眠

2019-9-22

石浦港
——致张球兄弟

大海，绕了一山又一山，拐了一弯又一弯
像在寻找丢失了的孩子
在石浦驻足。于是，就有了深藏的港口

我来到石浦港的时候，就是落日
也不那么悲壮。慢慢地落去，留恋的样子
让人可恨

这是一个过于慈悲的港口，所有不幸者的家
你看那些桅杆，成排成排地
从远方流浪至此。它们曾向天呼喊

把灵魂寄托在此，绝没有问题
希望你不要提过分要求。这里没有灯红酒绿
但会给你所有的希望

我向往大海，跟所有人一样
石浦港，给我准备了洁白的风帆
给我准备了一年少有的季风。还犹豫什么

2020-3-21

钓海

无意塑造自己钓海的英雄形象
海的动荡，海的呻吟，跟我的垂钓无关

起得比鸡要早，我要垂钓日出
睡得比狗还晚，我要垂钓皓月

面容黧黑，除了抛竿、起竿
证明自己还是活物外
其实，跟一块礁石已是无异
务必穿上鲜艳外套，以防巨轮碰瓷

一个合格的钓者，必须伤痕累累
你的对手是谁啊？
是大海，是诡异的鱼群
是恶劣的天气
有时，天空很低，很低
直抵你的鼻梁
一场暴雨，会像发泄愤怒一样
顷刻向你劈头而下

"钓鱼跟作诗一样，需要天赋异禀"
一个外国作家如是说。很受用

2020-5-7

四礧岛上的孤独

夜晚来临，四礧岛是孤独的
它四周都是荒诞的海水
四礧岛上，我是孤独的
海涛哗哗，独增惆怅

我与四礧岛同病相怜了
我与四礧岛相依为命了
我们一同让海风把头发吹乱
一同仰头看着那一钩弯月，如钩

我从遥远的大陆来
一切都为了孤独
如果友谊带来伤害，群处就没必要
不如遁逃

我与四礧岛开始对饮
我们都认为孤独是玉液琼浆
其实，这都是相互安慰的话
都希望返回人间，虽然痛苦难受万分

2019-5-1

三门湾的沙滩

黑暗笼罩了大地
而三门湾一点也不寂寞
涛声哗哗，一直在做着反抗
渔火点点，告诉你，希望还在

黑夜貌似强大，能统治一切
其实非常脆弱
当我打开手机电筒，没多少光源
黑暗便让开道路

不管黑有多黑，浓得化不开
三门湾的沙滩在那里
道路再曲折，也要过去
听海浪和沙滩的冤家对话

我们这群不怕黑暗的人
我们这群寻找奇迹的人
花了整整一小时，前戏太足了
但只在海滩待了一分钟

有时助纣为虐的风，比黑暗更可怕

2019-9-22

晒网

一张巨大的网，堆在渔人码头
太阳将其翻了好几个身
那软软的、慵懒的神态
活像一堆死亡边缘的废物

这是鱼的幸，还是不幸
幸，因为逃过了当下的一劫
不幸，是待修补好所有的破处
还剩多少机会能逃脱厄运

对一张网的小觑，大错特错
尽管悠闲，尽管散漫
知道自己的威力所在
千万只眼，圆睁着，何曾睡着

渔网，鸟网，天罗地网
鸟觉得比鱼幸运
人觉得比鸟、比鱼幸运
争个你短我长，都是网中之物

2020-10-6

灯塔

航路上的守护神。这是个美名
每次独闯海上，我都会多看几眼
用温柔目光
抚平它满身的疼痛

无疑，它是这世界上最孤独的
它孤独得
想一把拉住经过身边的无数巨轮
聊一会儿，就聊一会儿

它知道，它的想法极其危险
它的脚下，是贪婪的漩涡，是
面目狰狞的暗礁
有众多冤魂突变而成的厉鬼

只能把自己变成一个坚强的修炼者
把"哗哗"涛声当作音乐
把闪电当作警告，把风雨大作
当作饕餮美餐

茫茫大海上，无情的黑暗中
也许你不敌困倦，睡着了
它永远醒着，两束光芒铦利如刀
它知道它的敌人是谁

2019-10-8

上锁的岛

一个岛，上了锁
锁住云，锁住雨，还是能锁住岁月
什么都锁不了
只能锁住自己，寸步难移
锁住自己的心事，不与清风知

总是以天赋之美自负
偌大的湖成了她的华清池
又是谁在期待美人出浴呢
飞鸟和池鱼，是最幸福的，沦为仆从
与她日夕相处

我的眼与她有几公里的湖水相隔
浪，遏不住飞舟
我愿作搴裳之人
在她盈盈目光里
我也许是落日边的一片闲云

我也要锁定些什么
在物欲横流中，锁定爱情
在风雨飘摇中，锁定幸福
在日月不定中，锁定友情
但锁，真的有如此大的力量吗

2019-1-26

锚

一只锚，被弃在岸
发出锈迹斑斑的叹息
蒿草在它周边疯狂地生长
垃圾成茔，要将它埋葬
风侵之，雨蚀之
宛如虎落平阳，龙困浅滩

它喜欢海，变幻莫测的对手
它要的就是涛惊浪骇的样子
它闯的就是风狂雨骤的宏大场面
它喜欢居住海底，远离尘嚣
甚至愿意被鱼侵犯
被虾蟹啃噬得伤痕累累

它痛苦地想象着
那些在天空写着幸福的海鸥
那些与海鸥伴飞的日子
它希望再次听到刺破长空的汽笛
那是与岸告别，向岸致意
那是豪情满怀，壮怀激烈的长啸

它对万吨巨轮信誓旦旦
有我在，坚如磐石
谁也不能惊扰你的梦乡
它本质是铁

它有铁的决心和力量
它牢牢地抓着海底，海底生疼

从日落到晨光熹微
从日出到月华如水
它忐忑不安地等待了无数个轮回
它渴望被再次征召，再次出发
一只锚，折断了翅膀
或许人们更需要一只心灵之锚

2017-8-14

赶海

我满怀着忐忑
驶入鳌江口，进入大海
不想流入大海的江
只存在诗人的想象中
没有第二种选择
只有奋不顾身的方式有所不同

到了海中
小船只能是一张飘零的落叶
想想陆上的狭隘
就像井蛙，不可语海
就像夏虫，不可语冰
我们就像秋水时至的河伯
以为天下之美尽集于己身

陆地是污浊的
离大陆越远，海水越清
越远，越蓝，越深不可测
大江、小河，浑身带着泥巴
入了海，等于洗脱了所有罪恶

你已驶入了碧海仙山、贝藻王国
我已好久未来登门拜访了
我想鱼
可以确定，鱼也想我

大海是位很有性格的母亲

暗流、恶浪的虎威，能避则避

2018-11-23

海边小水塘

活在一隅的小水塘，本是海的一部分
——堤坝像刀，活生生，切割分离
潮涨时，胜利的呐喊
潮落时，依依不舍的愤怒
回响在垂钓者的故事里
它竭力回忆大海的模样
并学着兴风作浪，装出恶狠狠的样子
它拥有的水，盐度已不够
没有冲击力的水波，也仅是水波
就像秋后的蚂蚱
就像寒夜里的虫鸣
横蛮的堤坝，喊着：来啊，来啊
我想到了捆绑奴隶四肢的锁链
生锈了，还是那么强大
拥有小鱼小虾的小水塘，是富足的
可是，它一想到祖宗的辉煌
内心的挣扎，一刻也不敢稍停

2021-2-9

晚上，在山中

晚上，在山中，无事可做
屋前的溪水，在夏天，像蛟龙
昂着头，嚣张地路过
现在，琵琶荒芜，星光凋零
任黑暗，漫过头顶

不能让自己这样颓唐下去
我看到一条道路，竭力通向山外
——寻找一些有意义的事
被寒风掌掴，百般羞辱
仍曲线前行，没退缩之意

山，不是囹圄。夜，不是锁链
纵然，我寸步难行
为何不静下心来，压住思绪乱飞
不是为了索取
别忘了，自己所来何事

2021-1-27

山沟

让太阳照耀山沟
两侧的山
像猛兽的腭，长着利齿
几乎要把我吞食
像紧眯着的眼
看天仅为一线
我们成了一条虫
在时间的夹缝中蠕动

让太阳照耀山沟
阴沉，寒冷
石头没穿衣服
时时展示裸露的重量
似乎一怒，就要砸下来
水，浪荡不羁
似乎穿着黄色囚服
要冲出牢笼，摧毁一切

让太阳照耀山沟
赐给肥沃的土壤
牛羊都很穷
要卖掉自己的皮和肉
庄稼都种在石缝里
长出的土豆像石头的孩子
长着的玉米，弱不禁风

好像林黛玉走出了红楼

让太阳照耀山沟
该活的活，该死的死
让生命各尽天年
众生都应得到合理归置
或早夭，或枯萎
老天爷的脸面往哪搁

2018-10-10

推窗见山

窗一推开，山即跳入眼眶
我并没感到沉重

世事沉浮，多有变迁
山先于我到达
先于这座城市到达

我一直在寻找一座理想的山
太高，将挡住天空
太矮，恐被人捷足先登

好多年了，我都在认真阅读
春夏，像读诗歌、小说
秋冬，像读哲学、历史

是我久寻不得的支点呵
一个伟人说过：给我一个支点
就能把地球撬起来

我更多地视他为严父
在他威严的注视下
我焚膏继晷，不敢懈怠

2019-4-19

群山重叠

群山重叠，像永不生锈的铁制栅栏
把乡村从年轻关到老，从老关到死
作为另一类绵羊，人
透过峡谷，对山外向往的眼神，绿油油

山，是大地之上，高耸的乳头
绵绵不绝，流淌着的，是刚强、不屈
山，是几千上万年，不断积累的灾难
压弯了多少不屈不挠的脊梁

喜欢它，当宗教一样崇拜它
有永远征服不了的高度，挖掘不尽的厚度
痛恨它，亵渎它
翻越高山，花了最后一丝力气的时候

崇山峻岭，千沟万壑，别当最后的桃花源
你在山里发情，白耗精神
眷恋也罢，不忍也罢，老人破旧的泪水
阻挡不了，年轻逃离的高潮

2020-8-25

像一部《昭明文选》
如何读它，都不为过

一个初夏的早晨
阳光为我们指明道路
去磐安，去磐安

读《昭明文选》不易
那一行行的"之乎者也"，让人费解
去磐安不易
一山放出一山拦

原来是待字深闺的小姑娘啊
那山清水秀
那丰腴妖娆
那娇艳欲滴

真想把自己嫁了
倒插门又有何妨
嫁给这里青山上的每棵树
嫁给这里溪流里的每条鱼
嫁给这里每个古朴的村庄
村村都有自己的家

2019-4-30

百丈漈

百丈漈，也就 200 余米
天顶湖，也不是坐在天顶上的湖
所谓百丈，不过是示人以壮
所谓天顶，不过强调其高

百丈漈，不是故意撒谎骗人
在谷底仰望，一股亡命的水
从悬崖跌落，没来得及着地，即
化成了烟，化成了雾，蒸腾翻滚
虹挂潭壁，似渴龙饮水

天顶湖，被群山当酒杯举着
藏着蓝天，飘着白云
湖中小船畅游着，岸边有人热爱垂钓
好一幅世界和平景象

是不是所有的谬误，都要纠正
是不是所有的事物，都要客观描述
如果这样
成堆的形容词，是用来生锈的吗

2020-8-16

秋天并不显得老
青山仍生机勃勃地青翠着
田地里，晚稻刚刚抽穗
骄阳，还是夏日里那样猛烈
直逼人们高涨的热情

英雄不问出身，但必有出处
崇山之中，老岭盘桓而上
高可摸到天了
一开阔地惊现眼底，令人震撼
奇山，奇水，能不出奇人

武阳，或舞羊，应梦而得
村庄虽小，背靠的五角仙峰
足可成擎天之柱
土地肥沃，水源充分，滋润了
《郁离子》《卖柑者言》

像南阳有诸葛庐，西蜀有子云亭
小村庄，大情怀，何陋之有
村前荷池，高洁清廉
抬头仰望，蓝天似明镜高悬
鹰隼振翮，盘旋着，不断回眸

2020-8-19

天台山中石拱桥

天台山，丛生深沟峻岭
无意间，众多石拱桥落入我的眼眶
似虹，似半月，似拉紧了的弦
似劳累了半辈子，驼了的背

它们绝不是山间的装饰物
它们是用来对付激流的
是用来对付沟壑的——生命的绝境
它们不知渡过了多少劫波

面带沧桑，不知过了多少年月
它们弓着，从不敢懈怠
也许，一天里，除了时光
很少有生命经过，它们分外孤寂

许多人把它们当作风景，拍照留念
以为这是它们存在的全部意义
但我，左看，右看，远看，近看
越看越像一段段脊梁——里柔外直

2019-9-30

石梁

到石梁镇，找石梁
还有什么比石头更永恒

石梁镇，还真的有石梁
它隐居在天台山的深山中

它横卧在溪水之上
流水为它弹奏，风为它唱歌

它静卧岁月之中
身上长满青苔，小鸟闲庭信步

荒芜了脊梁，还是脊梁吗
氧化了的石头，还是石头

石梁镇的石梁，成了展览物
是一道风景，每天都有人瞻仰

石梁镇，因为有石梁
日出日落，都安然无恙

2019-9-26

彩陶

它们从仰韶、马家窑、大汶口赶来
像我，赶到一个叫云和的山中做客
它们喜欢未来，我喜欢过去
于是，我们相遇了，擦出了火花

它们是贵客，被严肃对待
它们透过厚厚的玻璃，凝视着我
好像在问，"知道我是谁吗"
那诡异的神情，令我惶恐不安

我压了压帽檐，整了整衣裳
唯恐被它们看出心上的皱纹
它们可是有六千岁、七千岁呵
却身着花衣裳，色彩艳丽

我想从它们的每条裂痕里找出故事
它们是一般的陶罐吗
是否装载过辛酸和悲痛
是否盛满过一生一世的爱情

它们是泥土和火焰的完美结合
拥有者，都是暂时的，毫不例外
它们永远存在，即使豁了嘴巴
仍对未来喋喋不休

2019-12-10

拉纤者

古运河上，拉纤留下了一小段
更长的，给忘记了
就像痛，记取的就那几秒
留下的伤疤，都好像假的

运河边，那些如砥的石板
是无数拉纤者的脚板磨出来的
波光粼粼，古老的唱片
让我想到那些沉重的叹息

石板路中，留着历史的插孔
那是拉纤者前行的支撑点
为数不多的系缆处
陈旧得失去了系缆的功能

历史，总是负重前行
纤绳，勒进肉体，折磨着骨头
血水，泪水，汗水，交织着
一部低头匍匐的历史

2020-7-12

天山干沟

雨被收走，水被收走

树被收走

最勇敢的胡杨都不敢挑战

草被收走

柔弱胜不了刚强

鸟声被收走

连小麻雀都不敢来此撒野

三十年前，经过这里

天山干沟残酷地干着

三十年后，再次荣临

天山干沟残酷如旧

三十年，我喋喋不休说着沧桑

天山干沟，成千上万年的沧桑

又与何人诉说了

2019-8-28

独山子大峡谷

因天公愤怒，而劈下一斧
留下了独山子大峡谷
其形险峻，其貌丑陋，遂成为风景

我不远千里而来
花了三十元的门票，在它边上一站
我成了风景，它成了背景

有人说，你尚年轻
光滑的脸上，看不出岁月留着的痕迹
他们哪能看到我心上的皱褶呢

有许多青年，老在哀怨
建议他们来这里看看，什么叫创伤
我真想剖开给他们参观，什么叫沧桑

天地留下了千千万万的奇形怪状
不懂的人，谓之为风景
懂的人，会扼腕而叹

2019-8-16

天目山中

西天目山里的水库，水色正好

我身裹肃杀之气

与鱼对话

愿者上钩，不愿也得上钩

敢于对抗，就撒下天网

别跟我提水里的世界

是你的世界，有水里的自由

没有，从来没有

只有挨宰的自由

只有被烹饪的自由

只有陪我莺歌燕舞的自由

我坐在群山之中，被群山包围

我认真地钓着鱼

不知谁，在认真地钓着我

2021-10-15

在天目山中，寻找天目
据说是躺在山顶上的一口大水塘
晓华兄把车开得飞快
不把天目山的峻峭放在老眼里
任峻兄说，插上翅膀，就是飞机
幸好有小波兄的吨位硬压着

转一个弯，是一个山庄
转一个弯，又是一个农家院子
它们或隐、或显，遗世独立
客住这深山深处的，都是高人吗
有没有抛却红尘之心，另论
少一些欲念，世界总会太平许多

行到半山腰，止住了
此路为我开，要留下买路钱的
寻找天目，只好作罢
我们还是享用了一顿鲜甜空气
站在巨人肩上，俯瞰了一番人间
又在禅源寺里，消解了几分怨气

2021-10-17

东山再起

西径山，一座不高不矮的大山
曾是谢家堂前的玄鸟
也飞入寻常百姓的生活了

西径山，在那长年闲坐着
宝马、奔驰、三轮、共享单车
都愿意花三十元，欣赏它的尊容

西径山下，有碧波荡漾的琴湖
其弦，乃是我的心弦
人家一拨，我就心动

西径山上，有泻玉岩瀑布
从百余米的高处，像一股思想
直泻而下，注入我的心中

西径山顶，有建自唐朝的双林寺
菩萨，没有保护好自己的寄身之所

西径山之东山，谢安的隐居处
那些脚步，均为奔他而来
想讨教东山再起的秘诀

2021-10-18

古寺，在深山
寂寞了上千年，憋不住了
以蜿蜒的曲径为线
以禅为饵，抛竿山外
果然，我没经住诱惑

山是隐者，是贤人
要有人不远千里来拜访
要有人月下品茗、对弈
独坐幽篁
与清风为伴是不够的
拨动清溪的琴弦
开满绚烂的山花
目的是要挤入名山之列

古刹在山的褶皱里
俨然成了山体上的一颗痣
和尚在山门里进进出出
就像鸟儿在林中飞来飞去
怕有人来打扰
又怕没人来打扰

最多住一晚
发誓做一个完美的佛教徒
与青灯为伴，长夜忏悔

古
寺
一
晚

这一晚，睡得很深，很沉
黎明时分，诵经声侵入我的梦乡
像安魂曲，让我心生恐惧
临别，作揖。佛已在我心里
相信我也在佛的心里

2017-10-30

深山确实藏着古寺

那天去的时候，云淡风轻

我很高兴，佛、菩萨也很高兴

因为深山里

除了古寺，就只剩寂寞了

古寺的风流蕴藉，没到达

就已感觉到了。小鸟殷勤探看

山歌唱得清亮、悦耳

山风非常熟练地翻着经书

溪水潺潺，不断诵着佛号

就连一草一木，行人过去，双掌合十

争唱：阿弥陀佛

古寺把自己藏得够深、够远

这种远离尘寰的刻意

只因六根难以清净？尘世的诱惑力太强？

或只是考验信众的耐心和虔诚

古寺，深沉、古朴、宏伟

要费多少砖砖瓦瓦

我喜欢吾佛，法相庄严

看着他，想起来处江湖之远的情怀

吾佛躲在深山，如何拯救世界

高高在上

似乎对匍匐着的众生不以为然
慈航普度
人间苦难度多少便是多少

我不是佛教徒
我燃香三支，为诸善祈祷
我双膝着地，行膜拜之礼
只是为诸恶求情
因为我来的时候
分明看到了四个字：回头是岸

2017-1-15

阳
关

登临阳关
我不再纠结西出或东归
我担心沉重的脚步
踩疼先人的肋骨

熟读王维的《阳关三叠》
熟读唐宋卓越的边塞诗篇
在江南的山水间诵读
虽抑扬顿挫　字正腔圆
总觉少了一些西边韵味

阳关　戈壁中的一座孤城
荒凉是这里的主色调
一抹绿色仅作象征性存在
群山万仞　横亘远方
像压不断的民族脊梁

站在巍峨的城楼之上
唱着他们的名字
李白　王维　杜甫　王昌龄　卢纶……
这座小城让我心生嫉妒
千百年来　风沙企图吞没
只因一堵文化的墙太深厚

这里的每粒沙都蕴含古意

张骞出使归来了
听他们讲讲西域的故事
我站在阳关
面前是茫茫戈壁
朝后是中原沃野千里

2018-7-14

破旧得只剩下灵魂的这些老屋
被重金购买，重新安置
就像再生了一次——
时代的符号，时代的记忆
失去了，如何找到回家的路

恰巧，石斛在边上，被大片种植
九大仙草之首，能滋阴壮阳
没得主人允许，我擅自采了几根
匆忙咀嚼起来。其实
主人好客，早泡好了石斛花茶

一大摊水，被打造成镜子
微风送来，年轻的脸，不起皱纹
有人，揽镜自恋
有人，迫不及待地破镜而出
都孤独得，一丝不苟

习惯把山的胳膊弯，叫坑
坑口，是只大喇叭，接近尘俗
若即若离，神仙的生活
医者楼英，把自己的骸骨埋在这里
忙碌了一生的人，急需安静

2020-9-11

登老和山记

阳光，金子般可爱
穿过老浙大校园，便是老和山
其上，有美女峰
嶙峋的山岭，像一把大锯
有近八百级的锯齿
一段段地锯掉你的力气
锯不掉你对山顶的神往

如果老和山，是一本书
美女峰，就是你要寻找的答案

登上了峰顶，就有了
"登泰山而小天下"的感觉
俯瞰，浙大校园小如邻家园圃
栽种着充满生长欲望的树木
远眺，西湖就像一滴晶莹的泪
是唐朝的，也是宋朝的
是苏小小的，也是秋瑾的

2020-11-10

北方，白桦林开始变色
沙，学会了飞
石头，学会了走路
候鸟怕了，纷纷衣冠南渡
身后，一股北风紧追不舍

躲入江南
躲入江南的江山湖海
躲入江南的纵横阡陌
躲入江南的丹青画轴
躲入江南人的情怀

江南，组织了节节对抗
以金陵的花街柳巷
以苏杭的吴侬软语
以瓯越的红酥手、黄滕酒
所有人铁青着脸，众志成城

切割机、修剪机，轰鸣着
魁伟的梧桐树被截断了枝头
温柔的草坪被理了发

这些都是必须要经历的痛
逃避和对抗，不过是取悦自己
因为脱胎换骨

因为斗换星移

哪个生命不活得步步惊心

2017-12-19

南屏晚钟敲响的时候
西子湖会惊慌失措，烟波四起
这是传说，这是谎言
传说和谎言，是孪生兄弟

南屏晚钟，像是净寺的肉身
毁了无数次，重建了无数次
在历史书里，都能找到踪迹
后人将其编成歌
钟声就挂在了无数人的唇边

南屏晚钟，念了《心经》《金刚经》
具有强大的穿透力
魑魅魍魉，听之胆战
牛鬼蛇神，闻之远遁

我从南屏晚钟下走过，通体舒坦
我心中的魔，被除掉了
从明天起，立志做一个撞钟的人
以降妖伏魔、赐福送祥为己任

2019-10-26

海关钟楼

每每从海关钟楼下经过
总要恶狠狠地瞪上几眼
秒针，分针，丝毫不差，组成的
剪刀，把丝绸般美好的岁月绞碎
可怜，被时针一块一块戳着享用

海关钟楼，立在十字路口
不管交通蜂堵
只数或南或北、或东或西的脚步
争什么分，夺什么秒
那些匆匆的背影，尤其可笑
不能慢半拍，享受人生吗

钟声，悠扬，深远
像判官落下的法槌，决定命运
日落、日出，不敢怠慢
随钟声起舞
远山，或沉默，或喧嚣，或荒芜
或葱茏，皆依时钟的节奏

钟声，雄浑，愤怒
所有生命都驯服得像条虫
鸷鸟高飞，不可一世，也要敛翅
将军百战百胜，最后束手就擒
可怜的帝王，最怕江山易主

四处寻找长生不老药，成了笑话

钟声，总是按时敲响，从不
延误片刻
都在老去的路上了
还要催人加快速度，是何居心
结下了不解之仇
总有一天，把那钟拆了

2019-1-23

危乎高哉

在山谷仰望山顶：危乎高哉
那鸟道，就像放鸢者手中的线
直通云雀之间
这是一份严肃的挑战
远远就感到那目光沉重的压力

骨子里，没有懦夫的品性
纤细的双腿，被强大的自尊心绑架
捍卫尊严，一项迫切的任务

在虫鸣蛙鼓里，迈开第一步
山风的掌声，如雷贯耳
众树木，与我同行，颔首致意
鹰隼，在头顶盘桓
白云那么白，天空那么蓝

从低处仰视高处，那叫羡慕
从高处向往高处，那叫欲望
我没有征服山峰所带来的喜悦
更多、更高的山峰，横亘在前
不尊重它们，将永受折磨

2021-6-2

北高峰

从高楼的夹缝中，抬眼远望
北高峰露着半个脑袋，像一个泅水的
人，正面临溺毙的风险
顶上的电视转播塔，像一只手臂
高高地扬着呼救

作为拱卫杭城的哨兵，我热爱
北高峰突兀的威武。特别是冬天来临
它的身板成了屏障
南下的寒流如虫，疯狂噬咬
枯枝败叶的凄惨，不忍卒睹

北高峰的脑袋，还在一沉一浮
这城市，像一个海
而楼群就像四处埋伏的暗礁
我要寻找一个正确的角度，或者
我的眼睛能拐弯，将其打捞

一阵浓雾突袭。在雾海里
城市若有若无，北高峰若有若无
其实，北高峰，还是北高峰
在其山脚，我们仍须仰视
它居高临下：可怜的人，拯救自己吧

2019-10-19

栖霞岭

栖霞岭上，没有浓烈的红唇
栖霞岭上，路灯忽明忽暗
我脚步声碎，踏破这夜的寂寥
路旁的修竹，像列兵，侧耳倾听

牛皋在岭头把着路口
岳云率兵在岭上安营扎寨
杀伐声从历史的尘埃中传出
几近绝望，几多悲壮
英雄在此，月黑风高，我又有何惧
为了过岗，我还是多喝了三碗

岭上有不冻泉，清澈，不曾蒙尘
岭上的许多洞穴，冬暖夏凉
在黑暗中，发现不了紫气东来
深秋了，岭上的风也乖戾起来
在簌簌声里，又有树，叶落了

拾级而上，曲径并不老实
左支旁出，不须后悔自己的选择
去初阳台，看初阳，豪华地出生
翻过岗，去岳庙，看烈士暮年渴饮敌血
多歧路，今安在
仿佛听到了发自大唐的喟然长叹

孤独是一位美丽的女郎

我携孤独上岭

晚风告诉我的，我也告诉你

栖霞岭很美，但被夜幕笼罩

我要等待，等待阳光不被欺负的时候

看落霞栖在岭的肩上

2016-11-1

孤山不孤

步过西泠桥
便是孤山

苏小小在桥这头目送
林和靖在那头恭候看茶
登门拜访，不能无礼
只能往苏小姐处偷一把暗香了

断桥从来没断过
孤山如何能孤呢
放鹤亭放鹤成了俗事
种梅赏梅也有了更好的去处
作为著名的世外桃源，结束了
明月千里的孤独，林先生真的有了
当初立志不娶不仕
现如今，可后悔不迭了否

其实，林逋先生尽管坚持理想
孤独了，不如下得山来
月明星稀，与苏小小拉拉家常
何必在乎盈盈一水而脉脉不语
也可借湖边的回音处吼几声
宝石山麓会响应
葛岭上的葛洪不应
他在忙着炼丹，忙着著书立说

阮公墩上，箫声裹挟着灯火

好戏正在开锣

天色尚早

林逋先生有多少孤独，多少愁呢

不妨雇一叶扁舟，渡将过去

2016-12-15

衣架

我风尘仆仆，谋食不谋道
我汗渍斑斑，随手把外套一脱
南高峰、北高峰，不错的衣架
矗立其峰顶的亭、塔，多像挂钩

挂过云，挂过风，挂过雨
挂过春的葱绿，挂过夏的热烈
挂过秋的焦黄，挂过冬的灰冷

仅仅如此，显不出它们的独特
还挂过白乐天修白堤时的唐装
苏学士修苏堤时的汗衫
挂过岳武穆被枉杀时的"天日昭昭"
挂过秋女侠的万古之愁

优美的衣架，沉重的衣架
是造物主，绞尽脑汁，亲自设计
是时间老人，花尽心思打造
我是个赶脚的，胆敢偷来一用

2021-6-1

如果没有宝石山从中作梗
西子湖，早已躺在我的眼皮底下了
享用不完杨柳岸、晓风、残月
当然，我会更关注喜怒哀乐
她表情的任何细微变化

宝石山连称冤枉，这是上天的安排
它像一只下山的猛虎
弓着背，低着头，严密监视贪婪的目光
为防止它恶意伤人
用保俶塔，把它拴在那里

我处山的北面，想西子的时候
只能让我的目光，翻山越岭
或者，躺在床上
努力寻找记忆深处，那些美好的残片
也许真正的美，须费尽周折

2021-3-2

我
的
目
光
，
翻
山
越
岭

151

大青岗

当我仰望大青岗的时候
一粒尘埃，落进了我的眼眶
在闭眼、睁眼的刹那
大青岗迅速拉上了帷幕
真面目在云雾中时隐时现

有青春的合抱之木，寿比彭祖
是珍禽猛兽的舞台
奇花异草，灿然成章
条条小溪，像毛细血管
不断制造跌下悬崖的浩叹

故意高高在上，让你望而却步
故意居高临下，不怒而威
巍峨也好，险峻也罢，不容置评
荆棘丛生，不愿世俗插足
枯木横道，严防道路进来

只可远观，不可近亵
在昊天之下
它多像一颗昂然不屈的头颅
狂风，不近情面地横扫
不过吹乱了它几根头发而已

2020-7-15

第二次踏进同一条河流

河水，规矩多了

去年洋溢的热情，大多收回

少数，留在岸上，植树、种草

河水静得，要作妖

清得，可以当镜子

风一吹，都是皱纹和白发

鱼，跃出水面，似破镜而出

"不能踏进同一条河流"

哲学家的话，像偈语，靠猜

黄河变了吗？长江变了吗

几千年了，还是穿同一件衣裳

还在扮演母亲的角色

哺育人，也哺育豺狼虎豹

也想变，想改道

经常发生灾难，殃及无辜

2021-4-3

河流

时而喧嚣，时而宁静
宁静片刻，又躁动汹涌
没完没了地折腾，成了职业
不这样，好像不能证明自己

不喧嚣，孰知它的桀骜不驯
不宁静，教人们如何爱它
敢在天地之间，万世不竭
凭的就是这股骨子里的骚劲

它是束缚不住的苍龙
孔老夫子只能站在岸边浩叹
堵它，疏它。利用它，杀死它
一时，使多少竖子成名

逐水草而居。这是经验和教训
带来了生，带走了死
造就一切，摧毁一切
教你恨有多深，爱就有多深

2020-9-13

生命的河流

像在寒夜，熊熊火焰渐趋黯淡
像在深夜，叽叽鸟声全部凋零
只要有木柴，火，还可点燃
只要还有明天，鸟声总要苏醒
只有生命的河流，一路不调头

从日出到日落，太阳在奔波
像上帝的目光，照拂万物
从春华到秋实，四季在轮值
一年一年，从不厌烦
生命的河流，灌溉两岸一副疲惫

时间，是永恒的。如果会流动
最终归到哪里
时间，是凝固的。不知有古有今
这都是人的观念
生命的河流，最终如泥牛入海

江山依旧，我所见，为古人所见
古木参天，庇护今人，庇护古人
生命的河流，枯竭，消失
速朽的速度，超乎想象
眼泪和欢笑，都仅是曾经的符号

2019-12-29

河边

我和美人蕉坐在河边
一起虚度光阴
偶尔抬头仰望天空
一只乌鸦，正虔诚地飞过——
纯粹为了到达目的地
还是追求不朽
正对面的柳杉树，烧焦了似的
它们老了，它们身上的鸟窠
谁给遮风挡雨
周边，都是成堆的衰草
它们不会死——
贱命一条，有自己的生存方式
身后，是一大片田野
种满了青菜，拼命葱郁
农人挥霍汗水，指望着呢
河伯，难得洗耳恭听
其实，满河都是夫子的叹息

2021-12-11

卧波

是解渴汲水，是顾影自怜
屁股撅着，背，弓着
夺魂的卧波之姿
像天地尤物，吸引我的眼球

我总觉得它是听风者
竭力贴近水面，说些悄悄话
它想和水握手
水皱着眉，一副深沉的样子

我总觉得它是伛偻的老者
它有生活重轭
不能不如此
可是，它的头颅，永远仰着

我总觉得那是一段脊梁
一段民族脊梁的象征
我们匍匐着前进
三军可夺帅，匹夫不可夺志

它是真正的网红
那么多人，不远万里，来打卡
那么多的照片
取它作背景，真的生动

2020-11-4

水库

一个水库，躲在深山，像隐士，庇护
一群逃亡的鱼
春餐落英，秋食练实
好几年了，岁月波澜不惊，静静流淌

哪有什么隐士，分明是囚徒
你看那高高耸立的大坝，阻断了
雨水、小溪流，对远方的向往
盼望决堤，都是些属于大海的灵魂

水生锈迹，还如何奔腾，如何喧嚣
只有那些鱼，把地狱视为圣地
或深潜，或跃出水面
迷茫地看着，鹰隼翱翔，出入云端

钓竿，闻风而动，从山外涌入
凝固的宁静，被搅动了
他们采摘山花，往水库里撒尿，钓鱼
不是来解救，而是来制造痛苦

2020-4-11

把那么多的水集中起来
是一项浩大工程。淹没了脚，漫到了胸部
山，站着，惊呆了
钢筋铁骨的集体意志，神情紧张
唯恐一松懈，闯下大祸
但鱼，很高兴。出去串门，不用拐弯
就能走到很远。天在水里
它们可以像鸟，任意地飞

与其说，储存的是水
不如说是战天斗地、开天辟地的精神
——无价，用之不竭
我光临水边，像那些树，寻找自己的倒影
看看灵魂是否污浊不堪
打一桶水，煮茶。足以修身、养性
鱼，回到了它的国
我，找到了我的精神家园

2021-5-18

小溪

溪下的小溪，宁静，温顺
"汩汩"地唱着，像牙疼时的呻吟
临溪而居的人，把它当琴
巍巍乎，高山；汤汤乎，流水
一副世外高人、怡然自得的样子

一直这样以为，将犯下致命错误
在春天，或台风季，性情大改
用积蓄已久的力量，直扑山下
遇到巨石挡道，直接推倒
遇到悬崖，奋不顾身，跳将下去

许多人，从没见过此等悲壮
大吃一惊，纷纷不解，不断发问
这是青春期里的叛逆吗？还是
久困山中的一种抗争
溪小，不等于格局小，没有情怀

这是一条对山外充满向往的溪流
是听说过大海的溪流
可是，那么多的大坝，让人绝望
乘时，乘势，闯出一片生天
在山里，这样的小溪，这样的人，很多

2020-8-8

河姆渡

阳光充足，随便地洒在河姆渡
七千年前，就这样干的
现在，还是不改天性

七千年前，撒的是文明的种子
现在也一样
是种子，总有一天发芽，生长

历史长河，就像一条围脖
不断给众多的死亡，以温暖
人类的生生不息，基于此

早晨，还是那个早晨。姚江
还是那条姚江。打鱼船变了
载了更多的复杂，更多的愁

阳光应该怨恨，七千年前做的事
譬如种稻、编织，现在还在做
用木制井，保护水资源
现在的人，好像忘记了

河姆渡人

用陶罐，而不是用竹篮打水
最愚蠢的人也知，这是常识
但人类近亲猴子、猩猩，他们可知
观念改变，那是天崩地裂的事
新石器时代的河姆渡人，突然开窍
他们制作了陶器，用来盛水
用来储物，用来烹饪……

一直以来认为，水稻传自印度
突然发现河姆渡人的仓库里
堆放着150吨之多的稻谷——
集体财产，还是地主家的余粮
作为证据，为科学家出了一口恶气
稻米，含更多的碳水化合物
发现它的，不是人，而是饥饿

在河姆渡陈列馆，好多编织品
和今天的，如出一辙
看到一枚骨针，和钢针毫无二致
因血的教训，获得使用知识
还有那支船桨，早已忘了它的船
这些七千年前，智慧的光芒
作为基因，仍在我们的身上，传承

高姥山上的烈火

我坐在春天的高姥山上
红杜鹃像星星之火，在我身边燎原
整个高姥山身陷烈焰
我，身陷烈焰
像凤凰浴火，追求重生

在天地之间，山是囚犯
被十万长钉，钉死在那里
不抱必死之心，就没有活的可能
高姥山，春天来得晚一些
烈火有了经验，更猛，更强，更烈

高姥山，高高地举着我的身躯
我无所畏惧
尽情享受着杜鹃花火舌的狂吻
高姥山，一点点地恢复生机
我有幸分享了它的盛况

海湾

没有风，没有浪。即使有
也很温暖
就像慈爱的母亲
把流浪在外的，受伤、受委屈的
都揽进了怀里

这是一个世界之外的世界
桅杆耸立，像向和平投降
一份独特的宁静
吓得，连鸟也不敢叫出声来
鱼的悲鸣，十里之外，似鸣镝

晚上，终于能睡上一个安稳觉了
到达的第一分钟
吸了这里第一口大海的气息
始终悬着的心，落地了
一切喧嚣，都被挡在了梦的外面

搭起大海，令人恐惧的舞台
摆上岛，这样的架架钢琴
谁愿意站到中央，做歌唱者
谁胆敢演奏

许多人，挂着白帆前来
许多鸟，梳理羽毛，打造铁翅
各色鱼等，也不想缺席
可惜，他（它）们都是观众

择了个吉日，背着钓竿出发了
我扮演一个伴奏者的角色
不是故作谦虚，而是确实无能
我为自己的自知之明而感动

风来了，它是真正的演唱者
一开口，便扬波万里
坐在琴前的，是上帝的万千化身
雨点般的琴音，像是发泄

演出结束，我也在琴前坐了会儿

洲口溪

洲口溪在黑暗中"哗哗"流动
其实，白天也是这样流的
只是，白天说的是人话
夜里说的是鬼话

洲口溪在黑暗中"哗哗"流动
像一个天才的音乐家在独奏
天天活在这天籁之音中
人丁能不兴旺，六畜能不兴旺

细十番的演唱，空灵，婉转
好像被这水的灵魂附体——
来自大山，归入大海
大地之上，哪条河流不是母亲

我想认识阳光下的洲口溪
不在乎岸芷汀兰，鱼翔浅底
不在乎杨柳垂堤，老鱼吹浪
最大的美——清和明，是否未变

对古道的认识，我很感性
粗糙的石头砌成，跟着山脉起伏
只要你有耐力和决心
可以送你到人生的终点

古道对自己的认识，很肤浅
度过风，度过雨
度过的苦难，差点把自己压垮
度过多少日月星辰
可是没意识到，自己会走向死亡

我们赞赏古道
其实，是赞赏我们的先人
道路很重要
没有道路，不知走向何方

我们重走古道，很短的距离
仅是怀念而已
四通八达的高速公路，修在边上
仍有人认为，古道最为可靠

栗江

栗江，与其说是江，不如说是溪
可是它有激昂澎湃的梦想
有东流，拥抱大海的梦想
我从遥远，来到栗江边上
告诉了我，百废待兴的两岸
高楼，竞赛着拔高的两岸
看着江里招摇的水草
和争食的水鸟
我陶醉着，它们的陶醉

如果只有一条江，是否太孤独

幸好，还有一个小西湖
听着隆重的介绍，可知多少热爱
我们在杨柳岸走着，走着
希望有一个邂逅
就像许仙和白娘子，那样

沙溪玫瑰园，生活着几百种玫瑰
它们从世界各地赶来，展示
欣赏玫瑰，要在黎明时分
挂在花瓣上的露珠，就像情人的泪

玫瑰的馥郁，实属平凡
玫瑰带泪，让人更易动情
别误解，这不是要欣赏别人的痛苦
而是要分享爱的喜悦

我猜透了种植者内心的秘密
渴望爱——爱人和被爱
月亮下，手中空无一物
这样的悲剧，在现代不应该发生

在 240 亩的地里，爱情每天都在生长
天下有情人，有福了
玫瑰发誓，就要这样红，别样红
它要充分代表爱的决心

宋时的桥

在余姚的夜幕里，遇到了
一座宋人造的桥
三孔，石砌。弓着，似不屈
两脚深插中流，坚定不移
所以，宋朝，元明清，早没了
它仍活着，活得好好的

我拍着栏杆，似跟宋人握手
我看着各就各位的石
似在端祥宋人斑驳的面容
余姚人祖祖辈辈，在桥上留下脚印
走到现在，走向未来
我留下脚印，走进历史

承受多少重量，承担多少责任
它从没抱怨
斗转星移，经天纬地
但从不为时间代言
在姚江里的倒影，倩兮巧兮
但从不解释"何为不朽"

第三辑

爱，竭我所能

祝
福

祝福，在光明里行走的人们
他们少有的从容
从容步态，从容身段，从容心情
好像是凌乱过后的优雅
历经劫难之后的一种沉静

从容，真的十分重要
泰山崩于前，脸不改色
屠刀架在脖子上，眼睛不眨
更重要的，当幸福突然像神一样降临
不能在幸福中溺毙

渴望幸福，一代一代地追寻
就像干旱，翘首云霓
就像身陷敌阵，盼望王师
就像一个溺水的人，希望得到一根稻草
几千年的苦难，像石头，搬不完

祝福，在光明里行走的人们
黑暗，像铁镬，被击得粉碎
道路平坦，找到了方向
风，自由自在地吹着，不带刀子
太阳高悬天空，发着令人炫目的光辉

2019-11-1

爱，竭我所能

一年的最后一个日子
我没有选择去理发，选择出走

我曾经过理发店
与师傅高调地打了个招呼
但看到一屋子堆着的愁
对师傅的手艺，怀疑了起来

理个发，名义上是为迎新
更重要的，是要把过去
留在过去
"白发三千丈，缘愁似个长"
师傅的手艺精进，能理完吗

我出走，不是逃离
对过去，表示一种不留恋态度
同时，积极融进未来
新日子，一个一个，接踵而至
我先要与它们混个脸熟

我走进嘈杂的人群
我走进孤寂的大山、河流
凡能与我遇到的友善生命
我都会握手，并郑重许下诺言

2021-1-2

过客

在酒中，盘桓数日了
新年的门槛，横亘在面前。似乎
一跨过去，就白发苍苍
皱纹，治丝益棼，纠缠不清

树不动，风不动
我不动，时间就停滞不前
最坏，也不过如此
留在年内，至少，不会增加年轮

不敢展现
对未来美好生活的向往
画一个大饼，给自己充饥
这多少带点残酷

突然记起了自己的身份
——岁月的过客
岁月，是牧人。我们是一群
被驱赶的羊

2021-2-2

山花般的浅笑

一个女人，在路上，窃窃而笑
她遇到幸福的事了
在这不阴不阳的天空下发笑
需要承受多大的压力啊

她的笑，嘴角上翘，很妩媚
饱含真诚，从心里发出的
许多人，低着头，沉重地走路
她的笑，就是一枝摇晃的山花

无疑是一枝装饰荒芜的山花
让冬天看到了春天的模样
开在山腰，或山巅
都是登攀者，不可或缺的力量

阅读她的笑
一路上，回味着她的笑
太像蒙娜丽莎的了
充满让人一探究竟的神秘

2020-12-17

她是谁

戴着口罩，像幽灵一样
从对面，轻移莲步，款款而来
长长睫毛，遮不住一股灵气外逸
眼睛，扑闪，扑闪的
会笑，会说话

还没使出勾、怨、嗔，诸般手段
已夺人心魄了
还要那副嘴脸，干嘛用呢
什么嘴型，都仅具生物学上的意义

与她眼神对接的一刹那
我立马有了结论——一个善良的人
但愿能收获她的美好评价
如果没留下好印象
确是面目可憎所致，认了

陌生人啊，她是谁
连街头的邂逅，也算不上
极像一种命运的安排
由若干个偶然的历史事件，促成
想多看一眼，她已成背景

2020-12-22

握手

一双饱经风霜，一双细皮嫩肉
一双黧黑，一双葱白
一双坚硬如铁，一双柔软如绵
它们，在阳光下，握在一起
像两个世界，发生了碰撞

不是一次精心的策划
不是一出精彩纷呈的话剧
不是对苦难的揭露
不是对一次善的歌颂
明证，但不证明友好，或较劲

这是现在跟过去的握手
这是理想跟现实的握手
这是春天跟冬天的握手
但愿仅是黑与白的握手
不是幸福对痛苦的可怜、同情
不是富有对贫穷的大放慈悲

2021-2-4

稻草人

田野上，稻草人有旷世的孤独
有无法战胜的恐惧
小麻雀啄着它的脑壳，掠夺谷粒
野猪要放倒它
为早前被惊吓了的心，复仇

这是在谁家出生的稻草人
手艺太差，太漫不经心
让它成为战士，守护这片土地
为什么不给穿上豪华的铠甲
寒酸至此，被势利的动物一眼看穿

土地之肥沃，之辽阔，之悠久
用稻草人来监守，真是英明的设计
可以省却多少人力资源，可以
节约多少经费。关键是
多出来的时间，可做无限春梦

稻草人，不那么想。一个没灵魂的
人，怎么能承担如此重任
一阵风来，稻草人东倒西歪
想乘机逃遁。秋收过后，它怕被
斩首，被投进灶膛，化为一缕青烟

2019-11-3

白鹭

往左数，三只；往右数，三只
苇秆不胜其重，枯了
不再做子弹，与天空对抗
闲来无事，就束翼、修身——
她们像珍惜荣誉一样，珍惜羽毛
她们非常享受地挠自己的痒处
虽不雅，但谁没有难堪时候
广场，在她们眼皮底下展开
没有可供检阅的队伍
身后是一摊平静的湖水
鱼，翔浅底，不知将成果腹之物
她们不贪婪，不残暴，为生存故
不得不，做杀手
我近前，仔细端详，似曾相识
"西塞山前白鹭飞"——张志和家的
"一行白鹭上青天"——杜甫家的
自是白衣卿相无疑

2021-3-1

许许多多，老外婆似的桥

在水乡，在江南，不可或缺

河流，地球上灌了水的裂痕

是上帝留下来的道道误解

是造物主失了手的创伤

需要沟通，需要桥

需要一座桥，渡日，渡月，渡人，渡己

需要一座桥，渡善，也渡恶

架在小河上的，叫小桥

跨在大江上的，叫大桥

横在山里溪流上的，叫廊桥

人来车往，熙熙攘攘

未必皆为利来，皆为利往

桥，不辞贫富贵贱，所有的脚步

桥，是根根缝合的线

桥，是铁箍

把地球箍紧了，把天下缝合在一起

通向每个人的心灵

我们从此岸，经此，走向世界

我们从彼岸，经此，回到家乡

桥，是那双安慰的手

曾经很近，却无法相拥

现在可约起

烟花三月，在桥头等你

岁月早已沉淀，浪花早已枯萎

桥，永远一个姿态，守着两岸，等着人

我独爱江南的小桥

伛偻成老外婆似的小桥

它们守护着江南，装点了江南

它们有自己的名字：卧龙、彩虹、玉带……

它们是沉默者

默默地，经历风雨

2016-8-31

湖边垂钓

我面对广阔的湖水垂钓
我提一下竿
整个湖就皱起了眉头
还没上鱼呢，痛苦什么

坐在湖边，从远处看我
就像一个凝固了的符号
朋友问，在傻想什么
在清空自己，准备装鱼

人应该具有这样的优秀品质
最忙，也要偷一把闲
痛苦，也要过成幸福的样子
学会嫁祸于人

鱼上钩，最高兴的，不是我
而是喜欢烹饪的人
我落入水中，幸灾乐祸的
不是鱼，而是我的敌人

2020-10-12

田园牧歌

蛙声，鸟鸣，蝉聒噪，小虫呻吟
我不追求田园牧歌
只希望这是生活常态，而不是奢望

我喜静，常像猫一样蜷缩
谁打扰，谁便是敌人
但我讨厌万籁俱寂，装聋作哑

我芟薙的不是邻里之间的鸡犬相闻
不是巷口里弄的俗言俚语
它们本来就是生活的血和肉

天地之大，之辽阔
哪能只有一种语言，一副面孔
有人有这种想法，便是不通天地之情

现在，山里的蛙声越发少了
铺天盖地的蝉鸣，也变得稀稀拉拉
谁之过？要知还在热夏季节呵

2019-8-2

大都在低头走路。生活不易
稍不留意，路就逃走了
也有仰着头走路的。眼高于顶
细小的颈脖，天生就是为了
支撑那份高傲

低着头的，将目光稍作提高
老盯着脚前三寸，容易迷失方向
昂着头的，请偶尔放下身段
有凹凸不平，有断崖
等着看笑话，等着看惨状

经常听到潮湿的悲叹。谁在乎呢
就像失去青色的落叶
经常听到舍我其谁的豪言壮语
那种睥睨的眼神
天空受不了，大地受不了

本质上，价值和灵魂，是平等的
我主张平视
唯如此，心才能放在中间
泪水有时是甜的，笑有时是苦的
各人各命，由己不由天

2020-12-23

我们在梦中

我们在梦中，却认为自己醒着
我们醒着，仿佛又在梦中
感觉自己很幸福
离悲剧人生，老远，老远

"大雪"节气，真的希望来一场大雪
把所有的污点覆盖
把所有的伤口覆盖
把所有的悲伤覆盖。覆盖了
好像什么都没发生一样

暴风雪，终要来的
现在，已在孕育当中
别认为，这不可能
届时，你当了父亲，别觉得突然

原则上，我不喜欢做梦
也不喜欢，被人拉进梦中
我希望无风无雨
这样，有可能活到一百岁以外

2020-12-6

一个残疾人，一拐一拐，过斑马线
绿灯的秒数有限
担心他陷入复杂的车流中
他昂然挺胸地走着
像海浪上的海鸥，像云中的鹰

"德有所长而形有所忘"
整条斑马线，成了他表演的舞台
表演他的自信心
表演他的自强不息
表演他顽强的求生欲望

我以焦灼的心情，看着，等着
短短的斑马线，变成了宽宽的海峡
有惊涛骇浪，有狂风骤雨
要走一生，要走一个世纪似的
我能伸出援手吗

我突然发现，真正的残疾人是我
身体上的残疾，尚可借助
精神上的残疾，无药可救

2020-12-29

遇见

经过一工地，凿岩机"突突突"
我在想，需要多大的硬度
值得动用千斤之锤，不知疲倦地撞击
使成齑粉而后已

经过岳王庙跪像前
我在想，要做多少恶事、坏事
才能让生铁，心甘情愿，化身佞臣
代领遗臭万年的"荣耀"

2021-1-23

拐角

有形之物都有拐角，不管什么形
非物也会有拐角，如道路、人生等
拐角，自有妙用

隐藏在拐角处，突然跳出来
吼一声，吓人一大跳
现在还玩这种游戏，恭喜童心未泯

看电影，敌我双方都会利用拐角
向对方射击，置对方于死地
枪口里喷出的火焰，可惜不是黎明

我经常发现，有人躲在拐角处哭泣
人总会受伤，总会有解不开的难题
事关尊严，谁会当众展示伤口

事到拐角，生死存亡关头
依然不信邪，要一条道走到黑
这时候，拐角就变成了拐点

2020-6-2

杯子

灯光昏暗，和一只玻璃杯子
相互凝视

这只有着蜂腰的玻璃杯子
杯里盛满欲望，如果将其干了
晚上能暗涨多少情欲

娉婷站着的玻璃杯，在它眼里
对面的男人，有点粗糙
他胸中的丘壑
在尘世中，不断沉浮

它想借助烈焰，灭他心中块垒
像秋天，借助西风
去繁就简

互相凝视着，揣着各自的心事
站立不稳，倒在了桌下
可爱的杯子，率先醉了
殷红的惨叫，在空气中弥漫

2020-11-13

井

我提着焦渴，走进井里

井，在地上，往上长
群山，手挽着手，严丝合缝
它们是井壁，是井壁上的砖
历史久远，苔藓茂盛

冬暖夏凉的好去处
任风疏雨狂，烈日暴晒
时有鲜花落入，小虫跳进自杀
都是美餐，享用不完
这井底的蛙，要做定了

别跟我谈风云变幻
天，不过井口大，一片祥和
别跟我谈海，不愿谈
那是出乎我想象的范围
井底多好，波澜不惊

外面的世界，确实精彩
我早丢了跳出井沿的愿望

2020-9-17

老屋

现在，最要紧的是
把深宅大院的大门打开
把吓阻春风的石狮子移走
把锁住春心的锁具换了
让它自由地呼吸

这风雨飘摇中的宅院
高墙危垒，掩藏着心事
飞脊走兽，山节藻棁，秀着繁华
可惜厚重的朱漆
像昔日的辉煌，剥落一地
企图锁住岁月的铁锁
却率先锈迹斑斑

我实在不愿目睹这种景象
一椽椽地腐烂
一角角地倒塌
成了鸟的老巢，白蚁的天堂
在日出和日落中老去
像一个踟蹰的老者，在岁月中
那不可一世的骄傲劲呢

这古老的大门，打开它
需要一份伟力
历史上，曾数度打开过

无奈又给关上了
有许多人在门前饮恨
有许多人在门前泣不成声

这份霉变了的祖宗遗留
阳光，只有阳光
让它重获新生

2019-3-6

高楼之下

高楼之下，大街纵横
一辆辆车，不知从什么地方驶来
又不知向什么地方驶去
来得很艰难吗，去时很快乐吗
我看见的这段，它们都平安

蓝天，被强大的高楼分割、分配
分给我的，比井口稍大
阳光，比杯里的老酒稍多
鸟飞过天空的时候，一闪而过
它的身影，成了记忆，被反复咀嚼

我知道，山就在高楼的背后
它们端坐着，一年四季，神态安详
我知道，平原在高楼背后，一望无际
庄稼兀自成熟了，茫然而齐刷刷
该来的人，为何还不来

天空还是天空，有时很浊，有时苍白
它是一面镜子，呈现的
都是我的心情，我们心照不宣
但我更多的，是看行道树
它们渐渐地老了，晚景有点凄凉

2019-9-19

窗

突然有一天，我走了
希望它代替我，把这个世界
看好了

我像春天那样多愁善感
我怕地球颠三倒四，我的子孙
居无定所
我怕年轻的女友，被他人领进家门

我多么希望永远都这样，日出
或日落，都是君子
没有战前宣誓
以消灭生命、摧毁别人的家园为荣
所有的爱情
都在花开的时候发生

把天空看住了
喜欢丽日永远在天，不会被天狗叼走
希望北斗始终高悬，为人类指点迷津
把大海看住了
巨轮或小船在航线上，不会被巨浪吞没

把妖精看住，别老勾引人
把魑魅魍魉看住
把风看住

别动不动搅乱地球，搅乱人的生活

2019-2-13

镜子

——庄子：人莫鉴于流水
而鉴于止水，唯止能止众止

这是以什么为镜的问题
最早的镜子应该是水

蓝天临水自照
发现愁容满面，衣裳不整
便及时修正
日月星辰在镜中发现
自己越亮越好看

远古时代，人彼此为镜
从对方的眼里读懂
自己的美丑妍媸
有一天发现水可以为镜
从中能直接读取自己
那惊愕，狂喜，不得而知

对自身的美学要求越多
镜子的发展越快
才有铜镜，五花八门的玻璃镜

需要镜子整衣冠
需要一面更大的镜子

以知兴替，以明得失
司马光编辑了《资治通鉴》
历史是最好的镜子
有人还写了《风月宝鉴》
别人的伤口和笑靥都可以是镜子

静水可以做镜子
流淌的水是不行的
平面的镜子能反映真实情况
哈哈镜导致变形
你看到的是扭曲的形象

2018-11-22

酒

重要时刻，不能缺酒
譬如一诗落成
譬如新婴儿诞生
譬如众敌皆亡
譬如诸恶从善……

豪情如潮水落去时
我用酒提气
男人，就应豪情万丈
要敢上九天揽月，下五洋捉鳖
要痛饮三江，渴吞五湖
美女在侧，要敢说
但愿在你的怀里死去

当心生怯意的时候
我用酒壮胆
佩服敢在万人军中取上将首级
佩服死里求生，有时活着不易
不喜欢在黑暗中走路，我怕鬼
不敢面对各种刑具，我怕疼

一杯下肚
我会大喊一声：好酒
冬天，焚烧寒冷
夏天，把酒当歌，点燃快乐

忧愁难解，将灵魂披上酒的外衣

2019-3-13

祖宗规矩，不要踩踏别人的影子
所以，在阳光下行走
务必保持安全有效的距离
影子没有尊严，它的主人有

光说，这是我的作品
著作权，不可侵犯，不准剽窃
身体说，这是我生命的一部分
我们有着割不断、理还乱的关系

除非，消灭我的肉体
除非，把我投入黑暗
在最贫穷的岁月，影子与我
互不嫌弃，走南闯北

我愿做一个时代的影子
我的痛苦和欢笑，成功和失败
足以说明，一切探索的必要

不要做别人的影子
影子，还是影子
就像一块抹布，随时被丢弃

2020-5-25

守候

夜深灯阑，公交站头抱着孤独
守候着最后一个脚步
它们听得懂那些疲惫的语言

大山在守候什么
沧海桑田，不希望风找不到故乡
河流在守候什么
让潮起潮落知道生命的源头

因守而候，因候而守
守候，宁静又深邃
因守候，许多生命大放异彩
因守候，许多生命充满悲壮

许多梦值得守候
岁月老了，时间旧了
如果仍痴心不改
这样的人生，至少值得钦佩

突然想起那些等在村头的母亲
她们就像一个个公交站点
富有也好，贫穷也好
从不嫌弃

2019-6-25

只有生长，不可扼制
除非连根拔起
人为地予以毁灭
但只要遗有一粒种子，附着土地
便要违背你的愿望

不必惊叹生命力的伟大
一切都出乎欲望和本能
生存、发展、壮大
避免族群的灭绝
所有生命都学会了在风口浪尖上觅食

活着就是最大的意义
所展示的顽强，足以成为榜样
甚至在冬天里装死
在暗夜里屈辱地积蓄力量
一旦遭遇到春光，便报复性地喷发

春光不可辜负，岁月不可辜负
理想不可辜负
如果光明放弃了光明，黑暗将更为黑暗
生长，就要野蛮、强横
像烈酒撼动装睡的灵魂

2019-3-27

可以群

一个春天的午后
胡桃里，一个充满挑逗意味的名字
一群刚从冬天过来的男女，征尘未脱
企图用春天的声音
给诗下定义、作注、作疏，笺而又笺

可以兴，可以观，可以群，可以怨
老诗、新诗，都来了，一场盛会无疑
髫龀、斑白，都带着无邪的虔诚
华装盛服
他们昨晚是否专门进行了斋戒、沐浴

圣人有言，不学诗无以言
这群人视生命为尘
不掌握真理，但以发现真理为天职
以能为真理掌灯为荣
化诗为剑，时时给黑暗、罪恶以痛击

宜把耳朵洗干净了倾听
这些发自胸腔肺腑的声音
有秋的悲怆，有春的怅惘
有愤世嫉俗，有对生命的礼赞
都是铁骨，唯独没有沽名钓誉的谄媚

2019-3-14

起源

有人在高原，找到了黄河的源头
大放悲声，差点引起雪崩
他感觉很冤
生命的源头
竟是入不了眼的涓涓细流

为什么心潮起伏不定
见惯了宏大，想不到小
看到了小，想不到如此强劲有力
这两者，忽略了任何一点
错误就会长出翅膀

于是，我想寻找我生命的起源
所有的生命都有起源
我的面貌，已变十万八千里
也许是只猴子，也许是条虫
欣喜生命的延续
竟惊人地顽强

佩服老祖宗无后为大的哲学了
想想河流断流的惨状
理解了女娲造人的焦急模样
源头的宏愿
就是为了制造江河滔滔

2020-12-3

登顶

"登东山而小鲁，登泰山而小天下"
孔大圣人的这种感觉，我也有
"不畏浮云遮望眼，只缘身在最高层"
临川先生的士大夫胸怀，我也有

好几次，我要打退堂鼓的
在山脚，仰望，危乎高哉
在山腰，汗落如雨，脚步越来越沉
距离山顶几十米时，体力透支到极限

为没坚持到底的，惋惜
并设计了千百种理由，为他们辩护
譬如，留下遗憾，可以反复地来
譬如，生命诚可贵，不可无端浪费

登上了山顶，真有那么美妙吗
成为峰顶，要承受八面来风的摧残
周遭寂静，四顾茫然
高处的寒意和孤独，读懂者几何

2020-9-15

走吧　走吧

每天总是不停地走路
从这点到那点
且都是急匆匆的样子
好像身后有谁在追赶
或前头有重大事情在等待

从前走路，一味地仰望
似乎有太多的追问
答案写在天空
似乎又有太多的话语
要向白云、星星倾诉
忘记了脚下的道路坑洼不平
路边布满荆棘

从前走路，一味地低着头
摔跤摔怕了
踢破了脚趾，磕破了膝盖
血，总要流到记忆深处
只关注眼皮底下那几米土地
不看远方，心无旁骛
走着，走着，忘掉了初衷
走着，走着，走不出自己的世界

有路，便有无尽的远方
天堂或地狱

人生苦短，何必急急赶去
花前，月下
宜牵着手，慢慢地散步

2018-3-22

希望

人，都会陷入绝望
无疑，只有希望才能拯救

谁都知道希望是什么
是极暗时刻，突然出现的星光
是溺毙时刻，突然出现的稻草
是严寒要夺命时的一堆篝火
是致命疼痛，给的一颗小药丸

看似平淡，实为希望所在
清晨第一声清脆的鸟鸣
严冬里蓓蕾初结
春笋不顾一切，破土而出
病弱的岸柳，突然生机勃发

世界属于满怀希望的人
他们不会轻易低下高贵的头颅
即使在生活的最底层
仍然会采取仰望的姿态
他们的双手充满力量
只要有一线生机，就会紧抓不放

绝望，是个严肃的老师
教你登山，要从谷底开始

2019-4-8

解剖

解剖一个人和解剖一条小虫
意义一样
都是为了了解生命的真谛
但无关思想的构成

解剖朝阳和解剖落日
意义一样
都是为了寻找冷暖的前世今生
但无关岁月的短长

解剖一滴雨水和解剖一滴泪
意义一样
都是想了解悲欢的成因
但无关盐的含量

解剖一阵风和解剖一片云
意义一样
都想知道是云起风从，或风起云从
但无关风云突变

解剖自己和解剖别人
意义可不一样
把别人研究得既深又透
自己就不会走向悬崖

2019-4-7

赶

这一生，被"赶"字迫害
十字路口，追赶红绿灯
公交站头，追赶末班车
轮船码头，追赶去彼岸的渡轮
有一次，非常幸运，最后五分钟
赶上了动车

以为自己，最累，最悲惨的了
看看同侪，也在倔强中活着
他们追赶事业
以防白了头，空悲切
他们追赶机遇
那可是一道稍纵即逝的闪电
他们经常为航班延误，未参加
一次谈判，泪如泉涌

然后，再环顾周围
怎么有那么多奔跑的人呢
上班族，要赶点打卡
送快递的，忙着去下一个点
送快餐的，为别人的热食负责
他们一日没有八餐，也仅三餐呵

2020-11-28

被蜜蜂蜇了一口

蜜蜂在花间飞来飞去
我在花间走来走去
被它狠命地蜇了一口
好像深仇大恨在前世就已结下

有爱情的地方，必生醋意
把我当作强劲的情敌了
可是，我只是一个赏花的人
无意打扰别人甜蜜的事业

小瞧了它的那一份毒
不过那么一蜇，顿成山丘
那一份钻心的痛，生无可恋
忘情地号叫，忘记了尊严

我还是予以赞赏
蜇过之后，就要殒命
不惜用生命来捍卫
岂是勇敢两字，就能概括

2019-3-25

对立面

天气突然转暖，不怀好意似的
要冷，要冷到骨
要勒石一样，勒入记忆深处
让人一回忆，就心惊胆战

这不是冬天的潜规则
冬天的本来面目，不容涂改
只有这样，才知对立面的可贵
才会尽心呵护刚发芽的暖色

不完全反对突兀。如高山、乳房
但担心包装了的祸心
这比宿敌，突然展示微笑
还要令人瘆得慌

都认为，梅花是偷香高手
孰知它熬的功夫，莫测高深
任何事物，都从其对立面中生成
经冬一役，对冷和暖、火和冰
的认识，会达到新的境界

2021-1-15

痛定思痛

只有痛，才能让人长记性
冻疮在身，才知冰冻三尺之寒
晒脱了皮，才知酷暑之酷
火灼伤的痛，是钻心之痛
没顶之灾，才知鲧禹父子不易

痛，只能用痛来医治
迫不得已，就剜肉补疮
沉疴难起，用针灸，用石砭
路破了，要重挖再造
灵魂旧了，要洗心革面

人的记忆能力，有多强大呢
经常好了伤疤，就忘记了疼
刀，是嗜血的；箭，是要命的
和平，在血雨腥风之后
一将成，万骨朽腐

当我写下痛，真的很有痛感
我们要接受先圣和前贤的拷问
我们有什么理由，充满自信
不过是拾起了他们所抛弃的
不过是在旧的基础上，补补修修

2020-6-6

一些危险，像债务，躲不掉——
大厦，突然之间解构
大山，毫无征兆地粉身碎骨
雷受惊了，迁怒于人

有些危险，必须要躲
烈日当空，不躲，将成烤鱼、烤肉
飓风横扫，不躲，吹你像吹废纸
江河发疯，不躲，下去秤锤，浮上秤杆

活着，或死亡，一直考验烈士之心
在危险面前，退一步，便可苟活
譬如，刀尖顶着的时候，举起双手
重力之下，弯曲一下腰

退无可退，认死不退
在常人看来，贪生怕死是生命本能
有人认为，事关贞节，岂能等闲视之
舍生取义，血淋淋，何等壮烈

2020-8-10

论做敌人

成为敌人，很难的

要历史认可，不是想做就做

要足智多谋，或贮满一肚子坏水

浑身上下长着刺，或力能扛鼎

一推就倒的墙，成不了敌人

一块豆腐，成不了拳头的敌人

一个鸡蛋，成不了石头的敌人

一尺布，成不了剪刀的敌人

高山，是攀登者的敌人

道路，是远行的敌人

阳光，是黑暗的敌人

活，是死的敌人

岁月，是生命的敌人

天下树敌，是人生的最高境界

孤独求败，高处不胜寒，不是

做合格的敌人，争取成为劲敌

被人视为敌人，足以一辈子自傲

2021-2-18

晚风很好，懂得祸从口出
及时赶来，给热烈的讨论，降温
两只小狗很好，静静地跟着
不厌烦，做我们的忠实听众

不容它们插嘴，不需要它们懂
怕隔墙有耳，累及无辜
以走路的名义，一般都约在晚上
很少人的时候

说到激动处
我们会热泪盈眶
说到澎湃时
我们会浑身颤抖

年轻时候，有那么多的秘密
真好。人生本无趣，然后有趣
其实都是闲扯——
除了风月，还是风月

2020-11-18

往西往东

太阳往西，我往东
不是我背道而驰，逆天而行
我不会去追赶落日
情愿在黑夜里喝着苦咖啡
在东海岸等待黎明

无法阻止太阳西去
那就道别吧，各自安好
我不喜欢这种绚丽的悲壮
把自己彻底化为灰烬
恰恰是为黑暗铺平道路

我一路向东
血液里春潮澎湃
身后落日坠入了深渊
白天筑起的围墙轰然坍塌
道阻且长，权当是为我壮行

我一路向东
想象着弯弓射日的海岸线
蔚蓝的浪涛提着全身之力
撞向大地的胸腔
岛屿耸峙，出现在白波之上
像情人的乳在眼底袒露

我一路向东

寻找日出

那是一种在沉默中暴发的力量

那是新生命诞生时带来的震撼

那是在绝望的谷底升起的希望

人啊

没有在黑暗中落泪

却在阳光下哭泣

2017-12-27

痕迹

像小学生，擦掉错别字
我要擦掉近半生的斑斑劣迹
雁过留声，人过留名
这，让我绝望

痕迹学，是一门学问
很早，就被猎人掌握
沿着留在雪地里的脚印
很快就能找到猎物

自古帝王，最怕史官
经常拿要记入史册，进行诤谏
正史不正，野史不野
没有几人能逃脱历史的臧否

我们的文物考古更厉害
在那些一鳞半爪的史料里
硬是还原历史的本来面目

现在，大数据时代
无处藏身，最好不要心抱侥幸

2021-1-17

石头

砌进祭坛的石头，接受崇拜
匍匐地上的石头，任人践踏
同是石头，命运各别
知道这世界为什么纷争不断了吧

落潮了，礁石露出海面
它是大海的骨头
拨开草莱，挖开泥土，见到石头
它是大山的骨头

想做什么，或想成为什么
石头没有选择
人的欲望，就是它的欲望
有时不得不成为犯罪的利器

想永远处在原始的质料状态
雨水冲刷，阳光曝晒，修心养性
它知道它的悲剧纯属自酿

稻田

再一次去楼塔，真想去看看
举着丰收的稻田
它跟我有一样的经历——
旱过，涝过

阳光特别钟爱的稻田
秋风特别喜欢抚摸的稻田
我看到的，仅黄金般的一小块
如果所有的土地，都翻滚稻浪
那种壮观啊，将多么骇人

让我祖父，心惊肉跳的稻田
让我父亲，扬眉吐气的稻田

我到稻田边的时候
所有的麻雀，在忙着收割
所有的田鼠，在忙着修建粮仓

该庆幸，现在我看到的稻田
那一片金黄，成了风景

隧道口

接近隧道口了。阳光，像瀑布
从洞口上方，垂挂下来
远远地，闻到一股香味
洞外，自由的世界，伸手可触

上接五千年，下接未来
不断掘进时，方向，难免走失
惨死的灵魂，成了隧道壁
志士仁人的脊梁，铸成了穹顶

走出洞口，我们将是一只猛兽
在平原上游荡，在森林里穿梭
发出大海潮涨潮落的咆哮
震落的星辰，照单全收

走出洞口，人人都成哲学家
我们会触摸影子的影子
我们会见到铜做的太阳
我们会把一切，都归到形而上学

洞口，只有一步之遥
我们奋力，怎么老是走不到呢

地平线

整整一个下午，纠缠着地平线
它有点苍白，有点苍老
它架在山梁上
是天压着山，山拄着天的针脚
它在海天交接处。海天
是一本摊开的书，正被披览

它是儿童玩耍的橡皮筋
一个少年，蹲在自家门槛上
傻傻地看，傻傻地想，傻傻地向往

太阳是一个线团。地平线
其实，是这个线团透出来的线头
日出，日落
谁在编织我们的生活

所有人，成败兴衰，生死荣辱
都掌握在命运女神那温柔的手里

毫不犹豫，为各种情感代言
把鲜花，种上天空
把歌声，送上云端
分享幸福，制造欢呼的声浪
加深痛苦，催下悲哀的雨水

在母亲的葬礼上，它为母亲的
愤怒代言，在我大腿上
留下了惩罚的烙印
遇雨天，就痛。我知道
又是母亲想我了

不愿与人的情感勾连
要做好代言人，必须毁灭自己
可怜，烟花的命运
人们早把它的初心忘了
本是一服驱妖除魔的药

箭

当动车钻出涵洞时候

它就像来自黑暗的一支箭

扎进光明白花花的肉体

想一箭，穿心，取命

在它极速运行时候

那空气撕裂，嗞嗞作响

迎面而来的山，村庄

迅速闪身，避之唯恐不及

这是一支满带欲望的箭

从一出发，目的就非常明确

这是一支野蛮的箭

却是由文明锻造出来的

是光明的武器就好了

我愿意成为它力量的一部分

是丘比特的箭，就好了

射中爱情无数

从大山里走出来的，脚板特别厚实
我看了看脚板，确凿无疑

我是背负大山，出发的
那是贫穷、苦难、不幸的混合体
朝着日出的方向
曲折坎坷，绵远悠长
所有的道路，都好像是量身定制
日饮三斗
最后，汗水都失去了咸度

青春，不知道低头
身板，越发伟岸，倔强，挺拔
日晒雨淋的胳膊，粗了，壮了
"腓无胈，胫无毛，沐甚雨，栉疾风"
脚板横生，匋然有力
如果把每一个脚印，垒起来
该有多高呢

心装太阳的人，头生犄角
我的背负，日轻一日。山去哪里了
送给龙王，填海了

金字招牌

到了年关，银行的金字招牌
站在大厦顶部，更加耀眼
它的笑容，不断变换
一会儿，谄媚；一会儿，冷峻

从它底下路过，不禁心虚
曾保存过我的汗水
我曾储蓄过青春
现在，整存零取，所剩无几

从它身边经过，唯恐它听见
口袋里的几个硬币，憋屈地乱叫
囊，羞涩，人便羞涩
英雄气短，幸亏本人不是

眼不见为净。到处是它们的身影
好吧。"呼儿将出换美酒"
我怒指它的眼睛
喊道：我抵押我的灵魂

主干道，支路，横路，弯路，邪路
向前、向后伸展，无穷无尽
其实，所有的道路，都有目的地
所有的道路，都有尽头

我乘坐的高铁，时速 300 迈
摩擦，疼痛，发出裂帛一样的哭泣
树影，光影，田野，一闪而过
似乎是从车身上抖落的羽毛

速度，跟距离无关
快和慢，远和近，没有血缘关系

每个生命，都有属于自己的道路
从母亲的子宫出发
然后，朝着坟墓的方向

太执着于主义、理想
一路上吵吵闹闹，甚至大动干戈
那么多美好的风景，深表遗憾
它们被冷落了

灵魂的墓地

灵魂，沿着烟囱壁慌张出逃
它非常惆怅，一步一回头
自己寄存的肉体
被推进焚尸炉，被浇上油
被 700 摄氏度以上的烈火，炼成了不朽

没有灵魂的肉体，行尸走肉
没有肉体的灵魂，游魂野鬼
它们完美地结合了，一起经历风雨
它们友好地分开，各自寻找归宿
功过，任人评说

灵魂，找到了肉体
以为找到了终身庇护所
孰知那样不堪，经不住时间的折磨
能让肉体成为灵魂的墓地吗
不想像无根的萍，到处漂泊

后　记

　　写，须花心血；编，须花心血。

　　这些作品都是我的孩子，它们散居各处，现在我把它们一一找回，编辑成册，付梓面世，不怕再次献丑。

　　这是我的第一本诗集。习诗多年，众多好友亲朋经常讨要诗集，我知道这是我的荣幸，但本人才疏学浅，哪有什么诗集，因此羞愧难当。并错误地认为，写诗纯属个人行为，不应十分功利。其实，大谬。诗，是用个性化的语言，抒发的可是人类共同的感情、共同的关切，是一种艺术行为。只要不违人伦，不触犯法律，出一个集子，留作纪念，有何不可。

　　我的写诗历史，可追溯到大学时代。摆脱了高中阶段的煎熬，进入大学校园的宽松环境，好像鱼找到了水。恰逢改革开放，学风日盛，各种文学思潮并发，校园里的文学社团如雨后春笋般涌现。我如饥似渴地进行各种阅读，知识为我打开了万花筒般的世界。我接触到诗歌，但读的主要还是普希金、叶赛宁、裴多菲、拜伦、雪莱这些诗人的诗，阿赫玛托娃等白银时代的诗人、里尔克、米沃什、R. S. 托马斯、策兰、卡瓦菲斯、桑德斯等诗人的诗，几十年后才读到。但这已足以启蒙，而北岛他们的朦胧诗又恰逢其时地来到。诗还可以这样写，可以这样深刻，可以这样艺术，我一下子被惊呆了。那时好多北岛他们诗歌的手抄本在校园里流行，人人争睹为快。那个时代出来的诗人，说没有受北岛他们的影响，那是睁眼说瞎话，时代的印记，磨灭不了。读多了，开始写，要亲手操刀，组织诗社，蜡刻诗集，可见当时的狂热程度。现在回过头来看这些诗，不免觉得幼稚，但那也是一腔热血。

写诗多年，一直在想为什么要写诗？我试图寻找一种写诗的理论依据。

我寻找各种诗歌起源，我国有"诗言志"说。这记载于各种典籍，《尚书·舜典》说："诗言志，歌咏言，声依永，律和声。"《毛诗序》说："在心为志，发言为诗。情动于中而形于言，言之不足故嗟叹之，嗟叹之不足故咏歌之，咏歌之不足，不如手之舞之，足之蹈之也。"《史记·乐书》记载："诗，言其志也；歌，咏其声也；舞，动其容也。三者本乎心，然后乐气从之。"在欧洲，古希腊著名哲学家亚里士多德主张诗歌起源于模仿，起源于对人性的模仿。他认为人从童年起，就具有模仿的禀赋，通过模仿，人类获得最初的经验，正是这点，把人类和其他动物区别开来。模仿，还带来快感，对哲学家来说如此，对普通人来说也如此。他的这一主张体现在他的《诗学》中："对我们来说，模仿是一种本性，同样和声感，和节奏感也是一种本性（因为韵律显然是节奏感的一部分）。人们正是始于这原始的天性，并且逐渐使之得以充分地发展和提高，直至能信口赋诗的水平。""诗人与其说是韵文的创制者，不如说是情节的创制者。因为凭借模仿，他才成为诗人。他模仿的是行动。"

诗言志说和模仿说，都基于一种感情的原始冲动，都认为诗是对一种感情的强烈表达。

写诗多年，我试图将诗歌和哲学进行勾连。

由于情感的躁动性、鼓动性、不稳性，引起主张理性主义的哲学家柏拉图极为不满，要将诗人开除出他的理想国。诗和哲学，一属形象思维，一属抽象思维，但不妨碍它们有许多相似之处。

第一，都是智慧的产品。"对智慧的热爱"，这便是"哲学"的最初意义。知识和智慧，是两个完全不同的词。"知识"是可以通过经验性的学习获得的常识，而"智慧"显然是一种比"知识"更深入、更高级的东西，它不能仅仅通过经验性的学习去把握，而要通过逻辑推理和思辨来领悟。哲学引导人们对"弦外之音"的思考，诗歌也该如此，不应停留在讲故事或抒发情感上，而是应转向揭示人生真谛，积极引导人们思考和探索。

第二，不确定性。诗歌追求多解，一首优秀诗歌可以多维度、多侧面、多层次进行解读，一千个读者就有一千个哈姆雷特，这是诗歌的终极魅力。哲学是一种没有答案的学问，对于科学发展来说，每个时代的科学家们都可以给自己所研究的对象以某种真理性或确定性的答案，而哲学不是这样，古往今来产生了许多哲学家，他们也都在争论一些同样的问题，然而这些问题永远没有终极性答案。科学的结论可以通过实验获得，而哲学不能。也正因为"无定论"，哲学才充满魅力。

第三，都追求形而上。"形而上者，谓之道；形而下者，谓之器。"真正的诗人是探索者、思索者，是真理的追求者，是殉道者。他们忧道不忧贫，以天下兴衰为己任。哲学是一种"反思"活动，是一种沉思的理性。按照黑格尔的说法，反思是"对认识的认识""对思想的思想"，是以自身为思想对象，对自己进行思考。

写诗多年，我还是不敢以诗人自居。

柏拉图借苏格拉底之口说："诗人是神的代言人。"一方面说明诗人的历史作用不可低估，没有荷马的《伊利亚特》《奥德赛》，我们无从知晓公元前 2000 年至前 1200 年的克里特和迈锡尼文明，无从知晓精彩的古希腊神话；没有赫西俄德的《神谱》，我们无从知晓古希腊神话的谱系。所以公元前 5 世纪的历史学家希罗多德在其著作《历史》中说："我们都生活在荷马和赫西俄德的气息之中，我们所有的教养都是从荷马和赫西俄德那儿获得的。"另一方面说明诗人高尚的品格，"铁肩担道义，妙手著文章"，要敢于代言，为时代代言，为百姓代言，要敢于发声，"不默而生，宁鸣而死"。而这些，我距离甚远。

诗集取名《大地寻履》，没特殊意义。我们工作、生活，我们的悲欢离合，我们的哭和笑，都发生在这片土地上，而大地从不辜负人。

许志强教授特意为拙作作序，蓬荜生辉了。许教授乃鄙人大学同班同学，从事翻译和文学评论工作，著作等身，蜚声国内外。一个老师教出来的，差距怎么这样大呢。

谢谢著名诗人天界、周小波，百忙之中贡献了可贵的智慧。谢谢龚艳师妹参与了诗稿最初的整理工作。谢谢著名作家任峻，著名诗人李郁葱，贡献真知灼见。

我曾谓诗"你是我的女神，也是我的毒药"。写诗我虽半路出家，但爱上了，就放不下了，俨然成我终生为之奋斗的事业了。

2022-3-15

图书在版编目（CIP）数据

大地寻履 / 胡理勇 著. -- 武汉 ：长江文艺出版社，
2023. 8
ISBN 978-7-5702-3047-1

Ⅰ. ①大… Ⅱ. ①胡… Ⅲ. ①诗集－中国－当代
Ⅳ. ①I227

中国国家版本馆 CIP 数据核字(2023)第 054451 号

大地寻履
DADIXUNLV

责任编辑：胡　璇　　石　忆　　　　　责任校对：毛季慧

装帧设计：源画设计　　　　　　　　　责任印制：邱　莉　　王光兴

出版：长江出版传媒 ｜ 长江文艺出版社

地址：武汉市雄楚大街 268 号　　　　邮编：430070

发行：长江文艺出版社

http://www.cjlap.com

印刷：湖北恒泰印务有限公司

开本：880 毫米×1230 毫米　　1/32　　印张：7.875

版次：2023 年 8 月第 1 版　　　　　2023 年 8 月第 1 次印刷

行数：4632 行

定价：58.00 元
